DU MÊME AUTEUR

Aux Éditions Gallimard

SILENCE EN OCTOBRE, 1999 (Folio nº 5283)
BRUITS DU CŒUR, 2002 (Folio nº 3979)
VIRGINIA, 2004 (Folio nº 4432)
SOUS UN AUTRE JOUR, 2005 (Folio nº 4495)
PIAZZA BUCAREST, 2007 (Folio nº 4797)
LES MAINS ROUGES, 2009 (Folio nº 5208)
QUATRE JOURS EN MARS, 2011 (Folio nº 5494)
LES COMPLÉMENTAIRES, 2013 (Folio nº 5888)
LES PORTES DE FER, 2015 (Folio nº 6391)
QUELLE N'EST PAS MA JOIE, 2018 (Folio nº 6661)
L'EUROPE N'EST PAS UN LIEU, 2020 (Arcades nº 124)
LES JOURS SONT COMME L'HERBE, 2023

Aux Éditions Gallimard Jeunesse

OÙ EST PARTIE NINA ?

Aux Éditions du Mercure de France

PASSAGES DE JEUNESSE

Aux Éditions Le Serpent à Plumes

ÉTÉ INDIEN

Du monde entier

JENS CHRISTIAN GRØNDAHL

AU FOND DES ANNÉES PASSÉES

roman

Traduit du danois
par Alain Gnaedig

nrf

GALLIMARD

Titre original :

FRA I NAT SOVER JEG PÅ TAGET

I

Elle était là, dans un rayon de soleil, les yeux fermés. Quelques spectateurs passaient par les doubles portes du cinéma ouvertes sur la rue. Derrière elles, on devinait les rangées de fauteuils rembourrés et l'éclairage tamisé de la salle. Elle avait les mains derrière le dos, elle était grande. Elle ne portait pas de manteau, bien que l'automne ait commencé. J'espérais qu'elle attendait la prochaine séance, elle aussi. Le cinéma est toujours là, mais les tickets ne sont plus imprimés sur des rouleaux de papier, avec des dentelures en haut et en bas, et avec la dame du guichet qui les déchirait avant de les pousser sous la vitre. Je n'ai vu l'inconnue nulle part lorsque j'ai trouvé ma place. Peu après, les lumières se sont éteintes. Derrière les plis transparents du rideau se tenaient trois jeunes femmes de profil, vêtues d'une veste d'uniforme rouge et d'une minijupe. L'une après l'autre, elles ont levé leur trompette pour entonner l'air des publicités de Dansk Reklamefilm. J'avais déjà du mal à me souvenir de ses traits, comme si la lumière du soleil qui tombait sur son visage l'avait surexposé dans ma mémoire.

C'était un samedi, et quand je suis sorti, le crépuscule

grouillait de silhouettes. Ma vie ne faisait encore que commencer, et aujourd'hui je n'ai plus qu'une vision floue du jeune homme que j'étais jadis par-delà toutes ces années. Il s'est peut-être rendu à la gare d'Østerport pour prendre le train de banlieue vers Svanemøllen, mais il a peut-être aussi décidé de continuer à pied. Dans ce cas, il est passé devant l'ambassade américaine et les Lacs, où le ciel du soir se reflétait à cet instant dans les arbres le long des rives. Bien des choses changent, mais il y en a encore plus qui ne changent pas. Trianglen, la place au bout d'Østerbrogade, le kiosque ovale avec la publicité du journal *B.T.* sur le toit de cuivre bombé. Savoir que Strandvejen attend au bout de la rue, derrière la tour Tuborg et la bouteille de bière géante. Si je devais tracer mes déplacements quotidiens sur un plan de la ville à l'époque, mon stylo-bille ferait un trou bleu et étroit dans le papier, tant le rayon de mes déplacements était limité. Pourtant, j'avais l'impression d'être en train de conquérir le monde. J'habitais un studio au rez-de-chaussée qui donnait sur la voie de chemin de fer, près de la gare de Svanemøllen. Les stores étaient presque toujours baissés. Une ligne de bus avait son terminus au bord du trottoir, et les passagers pouvaient voir chez moi lorsqu'ils attendaient que le chauffeur démarre le moteur. Un samedi d'automne, j'ai probablement dormi jusqu'au petit matin. J'entendais le ronronnement du diesel du bus de l'autre côté du rideau et, en arrière-plan, les notes prolongées des cornes de brume des bateaux sur l'Øresund. Parfois, je descendais jusqu'au port de plaisance. Le brouillard dissipait toutes les distances et désintégrait même le colosse de briques qu'était la centrale thermique de Svanemølle. Derrière le mur de brume se trouvaient la Suède, la mer Baltique, la Lituanie, l'Union soviétique. Dans le vide gris-blanc, la menace se faisait étrangement plus présente, comme si les rampes de lancement des missiles balistiques à moyenne portée se trouvaient juste derrière l'épais voile de vapeur d'eau.

Les cours du département étaient ouverts au public et il n'était pas rare que des visiteurs extérieurs viennent dans les salles qui donnaient sur une arrière-cour de Købmagergade. Nous les appelions les touristes, car nous supposions que ces visiteurs étaient attirés par la philosophie parce qu'ils espéraient naïvement recevoir une dose de sagesse. Le professeur d'épistémologie était un homme grand et maladroit, à la barbe fournie et aux manches de chemise flottantes. Il a levé les yeux et hésité un instant lorsqu'elle est entrée quelques minutes après qu'il eut commencé. Cette fois-ci, elle portait un manteau de cuir vert foncé usé. Elle a gardé son manteau et s'est assise en diagonale derrière moi. Il a continué son exposé sur Rudolf Carnap et le positivisme logique, et je me suis retourné plusieurs fois pour jeter un coup d'œil sur elle. Elle était assise les bras croisés, immobile, apparemment concentrée à comprendre la distinction entre les énoncés analytiques et synthétiques. Cela ne manquait pas d'assurance d'arriver ainsi en retard alors qu'elle n'était même pas inscrite au département. Il m'a paru incompréhensible que le hasard l'ait conduite à franchir précisément cette porte de Købmagergade et à entrer dans la salle de cours la plus reculée. Tandis que j'essayais de suivre, troublé par sa présence improbable juste en dehors de mon champ de vision, c'était comme si j'avais pensé à elle depuis ce samedi de septembre. J'avais tort de croire que je l'avais oubliée, mais je faisais déjà trop de cas du fait qu'elle était réapparue. En réalité, il n'est pas rare qu'un visage se détache du flux embrouillé de la journée et que, pendant une fraction de seconde, je me souvienne l'avoir déjà vu quelque part.

Ses yeux étaient gris-vert, ses paupières un peu lourdes, ce qui leur donnait une expression sceptique ou simplement endormie. Elle était légèrement avachie et assise avec la tête un peu inclinée, voûtée, les coudes appuyés sur la table qui nous séparait. Elle portait encore son manteau vert, qui craquait lorsqu'elle bougeait. J'ai baissé les yeux pour éviter son regard qui, avec l'expression de la commissure de ses lèvres, m'a fait craindre ce qu'elle pensait de moi. Au lieu de cela, je me suis concentré sur les lignes pointillées des petites bulles qui montaient dans la bière cuivrée dans les verres qui se trouvaient entre nous. Ce moment s'est figé dans mon esprit, loin dans le passé, comme un obstacle dans un ruisseau, un rocher ou une racine qui empêche l'eau de s'écouler librement et l'oblige à s'étaler. Le soleil d'automne était assez fort pour traverser les vitres teintées du Long John. Le pub était à côté de l'université, il a fermé il y a de nombreuses années, et cela fait tout aussi longtemps que le département de philosophie a déménagé.

Je m'étais tourné vers elle à la fin du cours et l'avais saluée comme si nous nous connaissions. Elle a peut-être pensé qu'il s'agissait d'un geste social pour lui souhaiter la bienvenue dans le groupe lorsque j'ai proposé que nous prenions une bière. Je lui ai dit que je l'avais vue devant le cinéma Grand. Elle n'a pas semblé surprise de se retrouver en face de moi dans un pub. La conversation a coulé facilement. Elle n'était pas inscrite à l'université, mais je pouvais dire qu'elle avait plus que mis le nez dans la philosophie. Elle avait lu Kierkegaard, pas moi. Je n'arrivais pas à savoir si elle se vantait ou si elle était simplement en train de parler avec lyrisme de *La Maladie à la mort*, et j'ai essayé de la suivre, même si je m'aventurais sur un terrain glissant. J'ai dit que c'était Sartre qui avait découvert Kierkegaard l'existentialiste, alors que nous le lisions encore au Danemark comme une sorte de piétiste. Elle a approuvé en secouant gaiement la tête, Kierkegaard n'était rien sans sa foi. J'ai dit que Kierkegaard n'avait fait qu'entraver Hegel et appliquer sa dialectique à son propre drame intérieur, alors que Marx avait trouvé quelque chose d'intelligent à en faire. Marx ? Elle a souri à nouveau, cette fois-ci presque avec pitié. J'ai dit qu'il y avait un monde en dehors des tracas de l'existence avec elle-même, un monde d'injustice et de lutte des classes. Elle s'est contentée de me regarder. Manifestement, elle ne s'intéressait pas à la politique, pourtant, elle n'avait pas du tout l'air d'une bourgeoise.

Elle venait de rentrer de Boston, où elle avait apparemment vécu longtemps. Elle a parlé de *High School*. Je me suis dit qu'elle avait été américanisée, ce qui expliquait sans doute son imperméabilité au matérialisme dialectique, mais d'un autre côté, elle n'avait pas l'air d'une capitaliste avec ses cheveux ébouriffés et son vieux manteau en cuir. Elle me provoquait, et j'entendais tout le ridicule dans mon ton quand j'ai expliqué qu'il n'y avait pas de liberté sans justice. Elle m'a fait me sentir étranger à moi-même. Si elle devait choisir entre la justice et la liberté, elle choisissait la liberté. J'ai répondu que c'était une imposture idéologique bourgeoise d'opposer ainsi la justice et la liberté comme si c'était l'une ou l'autre. Les coins de ses lèvres ont tressailli, elle devait partir, et elle était déjà en train de se lever. Elle s'est moquée de mon air déçu. Elle a dit que je pouvais lui donner mon numéro. Je l'ai écrit sur un sous-bock. Elle a regardé les chiffres comme s'il s'agissait d'un message, puis elle a mis le sous-bock dans sa poche. Un message à propos de quoi ? Je ne sais pas. J'espérais juste qu'elle appellerait. Elle m'avait troublé et je me suis rendu compte que je voulais être troublé. Peu après, alors que je passais devant la Rundetårn au milieu des piétons qui allaient vers Nørreport, je me suis dit qu'elle m'avait peut-être demandé mon numéro uniquement pour m'empêcher de lui demander le sien. Le plus probable, c'était qu'elle avait jeté le sous-bock dans la première poubelle qu'elle avait croisée. Je n'ai pas pu me retenir de regarder les bancs de Kultorvet flanqués de poubelles municipales. Cela m'agaçait et je me suis souvenu qu'il y avait quelque chose de décadent dans son look bohème combiné à l'absence de conscience politique. Justice et liberté. Alors que j'étais en train d'écrire devant mon rideau blanc, je me sentais parfois envahi par la culpabilité. Les opprimés du monde et leurs combats justes me donnaient l'impression de faire l'école buissonnière. Dans mon petit cercle d'amis, ils avaient un ambassadeur infatigable.

Hans-Georg était originaire du Schleswig du Nord, on pouvait l'entendre à son accent, dans ses consonnes et dans le côté traînant de sa façon de parler. Il était un peu plus âgé que moi. Lorsque je l'ai rencontré, il était en deuxième année. Il n'était pas très grand, avec des cheveux longs et gras et une barbe clairsemée. Ses dents tachées par le tabac rentraient vers l'intérieur de sa bouche. Quand il souriait, il me faisait penser à un petit prédateur maigre et rapide. C'était la personne la plus intelligente que j'aie jamais rencontrée, membre d'un parti d'extrême gauche dont les cinq ou six initiales de l'abréviation commençaient par K et se terminaient par m-l. Je ne comprenais pas vraiment pourquoi il me voulait comme ami. On aurait dit que Hans-Georg avait décidé de me convertir à la révolution et à la dictature du prolétariat. Pour que je prenne conscience de mon rôle d'intellectuel dans le processus historique nécessaire. À ses yeux, j'étais un exemple typique du reflet idéologique du capitalisme tardif, mais je n'étais pas un cas désespéré, si seulement je pouvais me libérer de mon individualisme petit-bourgeois et me laisser mobiliser pour la lutte des classes. Pour ma défense, j'avais croassé que, puisque ma conscience était un produit de la relation entre les forces productives et les rapports de production, je ne pouvais pas en être conscient moi-même. Il a ri avec ses dents tordues de mes sophismes bourgeois. J'étais un bourgeois, c'était son atout, je n'avais aucune notion de dialectique.

Hans-Georg était mon gourou. Tout en lui, même son apparence négligée et son hygiène défaillante, m'apparaissait comme des exemples de sa volonté d'aller jusqu'au bout. Il avait lu et compris l'histoire, et il était prêt à en assumer les conséquences. Il avait plus ou moins abandonné l'université pour se consacrer à l'activité politique, il vivait à différentes adresses chez des amis ou s'invitait dans des collectifs. Je n'ai pas pu déterminer si c'était parce qu'il n'avait pas les moyens de payer son propre loyer ou si, comme il le laissait entendre, il se mouvait vraiment à la limite de la légalité. Il préférait que l'on se rencontre dehors, été comme hiver, probablement parce qu'il évitait ainsi de s'asseoir dans un pub et d'être celui qui devait bien finir par payer une tournée. Nous faisions de longues promenades en ville, parfois, nous achetions des bières et nous nous asseyions dans un parc. Assis sur notre banc, nous devions avoir l'air de deux clochards déconnectés du monde pratique qui nous entourait, où les gens allaient au travail et rentraient chez eux, et se croisaient pour faire leurs courses et vaquer à leurs occupations. Les façades de la ville et la circulation étaient réduites à une toile de fond pour nos longues conversations sur les forces sous-jacentes qui gouvernaient et façonnaient la réalité. Hans-Georg ne lâchait jamais la dialectique, même lorsque nous étions censés nous détendre, boire quelques bières et peut-être rencontrer des filles. Je me souviens d'une soirée au centre culturel Huset, dans Magstræde, où jouait un groupe de salsa. Nous, on dansait comme des fous, tandis que lui restait tout seul, sa bouteille de bière serrée contre la poitrine, la tête penchée, comme s'il évaluait la nature prolétarienne des rythmes qui nous faisaient transpirer.

Dire que je l'admirais serait une litote. Je m'identifiais à son regard sur moi comme à une forme de ruse dialectique visant à me catapulter hors de ma fausse conscience. Non pas pour me libérer d'une auto-réalisation petite-bourgeoise, qui ne ferait que me maintenir dans le rôle de l'idiot spirituel de la société de consommation, mais pour me libérer des illusions qui m'empêchaient de reconnaître la nécessité historique. Hans-Georg le savait. Il avait acquis la conviction que la lutte anti-impérialiste au niveau mondial devait primer sur la lutte des classes dans la partie riche du monde. Cet automne-là, il venait de rentrer chez lui après un mois passé dans un camp d'entraînement palestinien. Il n'a même pas voulu me dire dans quel pays du Moyen-Orient il s'était rendu, et il était généralement très secret. Je savais qu'il fréquentait également des personnes portant des noms arabes à Copenhague. Aller jusqu'au bout. J'essaie de me souvenir de ce que je pensais. La vérité, c'est que je ne pensais pas tant à la libération des peuples opprimés ni à une société plus juste. Ce n'était pas vraiment un monde meilleur que j'envisageais, mais une meilleure version de moi-même. Je me souviens d'un sentiment de retard. J'attendais impatiemment d'arriver, j'étais toujours en chemin. Je me souviens d'avoir eu l'impression de ne pas être assez sévère dans mon autocritique.

Il ne m'est pas venu à l'esprit qu'il pouvait s'agir d'elle lorsque le téléphone a sonné un après-midi. Au moins deux semaines s'étaient écoulées. J'avais presque cessé de penser à elle et à la coïncidence que la fille du cinéma Grand avait fait son apparition à un cours sur le positivisme logique. Anna Secher. Elle a dit son nom comme si j'étais une administration. Je n'ai rien trouvé à répondre. Elle m'a demandé si j'avais envie de lui rendre visite. J'ai cru l'entendre sourire. J'ai eu l'impression d'être convoqué lorsqu'elle m'a donné l'adresse. Howitzvej à Frederiksberg. Je m'y suis rendu à vélo le lendemain. Cette partie de la ville m'était encore assez inconnue, et je me suis trompé de chemin deux ou trois fois. Un immeuble du début du siècle avec des lambris dans l'escalier, imposant, mais pas très bien entretenu. Je n'étais pas sûr que la sonnette fonctionne, mais on m'a ouvert. Des yeux verts, des paupières tombantes. Des plis aux coins des lèvres qui donnaient au sourire une expression rusée. Elle portait une longue robe indienne et elle était pieds nus. Je pense que je mentionne la robe parce que les vêtements hippies étaient déjà démodés à l'époque. Tout dans l'appartement chichement meublé semblait passé, comme s'il avait hiverné, les lampes à pied, les motifs imprimés des rideaux, les meubles en teck au revêtement usé, comme si on avait laissé le temps s'écouler. Des cartons de déménagement étaient empilés le long d'un mur. L'appartement semblait grand. D'un bow-window du salon, on pouvait voir le palais de justice, l'église et la caserne de pompiers de l'autre côté de la rue. J'étais assis sur le canapé, elle s'était installée dans un fauteuil. C'était donc là qu'elle vivait ? Toutes les informations venaient comme si elle retenait tout ce qui était de l'ordre du superflu et du fortuit parce que cela n'avait pas grand-chose à voir avec elle. Elle vivait avec son père, un physicien qui travaillait à l'institut Niels-Bohr. Ils étaient rentrés au Danemark à la fin de l'été et avaient à peine eu le temps de défaire leurs valises. Son père avait été professeur invité à Harvard. On aurait dit qu'elle faisait de son mieux pour minimiser les faits et paraître elle-même peu impressionnée. Ils avaient passé quatre ans là-bas, et laissé sa mère aux États-Unis. Les coins de la bouche d'Anna se sont légèrement crispés. Ce n'était sans doute pas tout à fait exact de présenter la chose ainsi, sa mère avait filé avec un collègue de son père. Mes parents vivaient-ils ensemble ? Si ma réponse lui a fait penser que nous avions quelque chose en commun, elle ne l'a pas montré.

Nous nous sommes promenés dans le jardin de l'Institut agronomique. La conversation avait depuis longtemps dépassé le stade de l'échange d'informations biographiques. Nous n'étions pas non plus si vieux que ça pour qu'il y ait tant de choses à raconter. Nous avons discuté de livres, de films et de musique, elle avait lu beaucoup plus que moi, elle en savait davantage que moi, et elle n'était pas marquée par la dureté de l'enseignement de l'époque. Dès cet après-midi-là, j'ai eu le sentiment de trahir Hans-

Georg. Le plus troublant, c'est qu'il m'était si facile de le lâcher. Nous avons suivi les sentiers entre les arbres exotiques, nous avons regardé la lumière sur l'eau. Elle a parlé d'Omar Khayyam, de Paul Celan, de Georg Trakl, d'Anaïs Nin, de Marguerite Duras. Je n'avais lu aucun d'entre eux et je me suis senti petit. J'ai essayé Pablo Neruda, mais cela n'a rien changé. Elle n'avait pas lu Marx et n'avait jamais rêvé de le faire. Cela l'a fait rire. Je n'ai jamais pu m'habituer à son rire soudain, comme si le sujet très sérieux dont nous parlions à l'instant n'était finalement qu'une blague. Une tentative baroque et inadéquate, fondamentalement ridicule, de capturer ce qui, de toute façon, ne peut être exprimé par des concepts. Me sentais-je vraiment obligé d'endosser ainsi la responsabilité du monde entier ? C'était la première fois que je me voyais à travers les yeux d'Anna. De l'extérieur, nous n'étions que des individus fragiles et quelconques qui passaient entre un cèdre du Liban et un pin du Japon, voilà comment Hans-Georg nous aurait décrits, comme des grains presque insignifiants poussés çà et là par les glaciers écrasants de l'Histoire. Cependant, il aurait fait une exception pour son propre point de vue privilégié, il l'aurait extrait du corps-à-corps dialectique, comme s'il voyait tout depuis une sorte de tour de contrôle et observait la marche de l'Histoire vers le paradis où le pouvoir serait absent. Anna m'a fait descendre de sa tour. On pouvait également s'asseoir sur un banc et regarder passer les gens, les chiens, ses propres lubies plus ou moins stupides. Certains sont fauchés, d'autres sont géniaux, certains s'envoient en l'air, d'autres mordent la poussière, et qui a promis qu'il y aurait une justice ? Je lui ai demandé quels étaient ses projets d'avenir. Elle a fermé les yeux dans le soleil du soir comme si c'était la chose la plus stupide qu'elle avait entendue depuis longtemps. La seule chose dont j'étais sûr, c'est que je voulais caresser ses cheveux, sa joue, son genou. Elle s'est caché les yeux d'une main et m'a regardé pendant une seconde. Quant à l'avenir, elle était invitée à une fête à Nørrebro. Est-ce que je voulais venir avec elle ?

Nos ombres étaient absurdement longues sur la piste cyclable, les magasins fermaient, la circulation faiblissait. Cela me rendait la ville à nouveau étrangère de rouler derrière Anna Secher, bien droite sur son vélo bringuebalant, avec ses mollets bruns sous le bas de sa robe qu'elle avait serrée autour des poignées pour ne pas la coincer dans la chaîne. Elle allait partout avec une indépendance pleine de liberté et de curiosité, comme si tout cela n'avait rien à voir avec elle, mais que cela pouvait être assez marrant d'y fouiner. Elle utilisait beaucoup ce mot, marrant, dans des contextes tout à fait inattendus. Sur le moment, j'ai pensé que son style cosmopolite était dû au fait qu'elle avait vécu aux États-Unis. Plus tard, elle m'a confié que Boston avait été un endroit plus provincial que Copenhague. Elle connaissait notre ville mieux que moi, les raccourcis dans le labyrinthe des immeubles de l'autre côté d'Ågade et de Bispeengbuen, ces puits de rue étroits que nous traversions maintenant dans le soir bleu. Elle avait grandi par ici, tandis que j'avais traîné dans les rues résidentielles de banlieue. Nous avons traversé le cimetière d'Assistens, elle n'a pas ralenti sur les chemins entre les vieilles tombes, mais elle a soudain freiné devant la grille qui entourait une tombe familiale. Un rosier entourait les pierres tombales en grès. « Il est enterré là, a-t-elle dit en pliant une tige du rosier pour en humer les fleurs. Kierkegaard, a-t-elle ajouté d'un air professoral. Tu crois en Dieu ? » J'ai dit que non. « Il a dit que c'était notre devoir. » Elle a lâché la rose. « C'est pour ça que nous sommes des pécheurs. » Elle a souri, j'ai voulu lui demander ce qu'elle voulait dire, mais elle a déclaré qu'elle avait faim. Nous avons trouvé un fast-food dans Nørrebrogade. Les lampadaires ont été allumés dehors et nous sommes passés d'un sujet à l'autre, comme si nous étions impatients de savoir s'il y avait une limite à ce dont nous pouvions parler. « Comme nous sommes différents ! » s'est-elle exclamée gaiement. Ma déception a été comme le courant d'air froid autour de mes chevilles chaque fois que quelqu'un ouvrait la porte de la gargote à l'éclairage tapageur. Je me suis rendu compte que j'aurais aimé qu'elle dise le contraire. « Mais tu es plus souple que tu n'en as l'air. Dis-moi, tu ne penses quand même pas que j'ai une case en moins, hein ? » C'était la première fois que je sentais quelque chose de vulnérable sous son air supérieur. J'ai souri sans répondre pour la tourmenter un peu. C'était aussi la première fois que j'avais l'impression d'avoir le dessus.

Nous avons acheté des bières dans un kiosque. Il y avait déjà beaucoup de monde quand nous sommes arrivés. Nous n'avons jamais su qui vivait dans cet appartement délabré. À part une fille qu'Anna a serrée dans ses bras, je pense qu'elle ne connaissait personne. Je ne peux pas dire non plus que nous ayons déployé de grands efforts pour faire connaissance avec les autres. La fille à qui Anna avait parlé dansait avec un type qui portait un blouson de moto noir. Anna et moi étions assis par terre dans un coin. La musique était si forte que nous devions crier, et c'était épuisant de hurler à tue-tête pour partager nos choses préférées. C'est seulement lorsqu'elle me l'a crié pour la troisième fois que j'ai compris qu'elle voulait danser. Nous nous cognions sans cesse aux autres et Anna est devenue assez impopulaire lorsqu'elle a accidentellement poussé un type qui reniflait des rails sur le rebord de la fenêtre. Lorsqu'on a passé un slow, elle m'a pris par la taille et m'a serrée contre elle. Par une porte entrouverte, j'ai vu son amie allongée sur un lit en train de bécoter le type au blouson de cuir. Nous n'étions que des corps. Je me souviens d'en avoir pris conscience au fur et à mesure que la soirée avançait. Tout en Anna était pétillant d'esprit, de vivacité, d'humour, et pourtant nous n'étions que deux corps serrés l'un contre l'autre. Elle s'est libérée, m'a pris la main et m'a tiré hors de l'appartement bruyant et bondé. En descendant l'escalier, nous avons croisé des gens qui se rendaient à la fête. Elle s'est arrêtée sur un palier lorsque la lumière s'est éteinte et m'a demandé à voix basse de l'embrasser.

Nous sommes toujours là, tout au fond des années passées. J'ai perdu le lien avec qui j'étais, tout comme j'ai perdu le contact avec Anna, mais nous sommes là, complètement silencieux dans l'obscurité, complètement étrangers l'un à l'autre, complètement proches. Les mots ne peuvent pas atteindre le fond, la langue est au mieux un sonar, mais il y a quelque chose là-dessous, il y a quelque chose sous la masse du passé. La surprise de la vieillesse, c'est que l'on ne s'alourdit pas avec les ans, comme on le pensait quand on attendait que l'histoire commence. Celui que l'on était jadis aurait été déçu par celui que l'on est devenu, mais heureusement on a oublié son jeune moi. Il reste tout au fond et il nous regarde filer à travers le temps, vers le grand miroir d'argent de la surface. Il ne connaît pas le sentiment croissant de légèreté et de libération, on l'éprouve seulement lorsque l'on s'approche du miroir, aspiré par la lumière, et que l'on réalise que ce que l'on est devenu et qui l'on est n'a pas d'importance.

Quand je me suis réveillé, je ne savais pas où j'étais. Un mur blanc dans la cour projetait un éclat doré dans la chambre inconnue. Elle était encore nue quand elle est entrée. « Mon père est allé à la boulangerie », a-t-elle dit d'une voix enrouée en posant un plateau sur le sol, à côté du lit. Elle s'est assise sur le bord du lit et m'a caressé doucement la joue. La lumière du soleil jouait dans ses cheveux comme s'ils étaient en feu. Son visage endormi s'est approché du mien, de sorte que ses traits se sont effacés pour ne laisser place qu'à la douceur. « Ne t'inquiète pas, a-t-elle ajouté avec un sourire, il était parti quand je me suis levée. » Nous nous sommes installés sur le lit et avons mangé les brioches aux graines de pavot. Son père a dû voir ma veste accrochée au portemanteau de l'entrée et s'est dit qu'il ferait mieux d'en acheter un peu plus. J'ai regardé de grands dessins qui étaient fixés au mur avec du ruban adhésif. Des esquisses libres au fusain, un corps de femme assis, debout ou allongé dans le néant du papier. Je ne doutais pas que c'était elle que les lignes nerveuses et hésitantes essayaient de saisir et de figer, mais j'ai quand même posé la question. Elle m'a dit qu'elle avait rencontré l'artiste par hasard, qu'elle ne le connaissait pas vraiment, Claes Wilder. Son nom me disait-il quelque chose ?

C'est une évidence. Il n'y a pas de paradis sans serpent, mais je ne le savais pas encore. Ou bien l'ai-je pressenti quand elle a mentionné son nom avec désinvolture ce matin-là ? Je rationalise sans doute a posteriori, mais dans mon souvenir, la jalousie a pointé en même temps que la prise de conscience bouillonnante que j'avais enfin rencontré une femme avec laquelle je ne vivrais jamais assez longtemps pour m'ennuyer, avec laquelle je ne me lasserais jamais de parler, de regarder, de marcher à côté d'elle ou de la satisfaire de toutes les manières qu'elle pourrait désirer. Claes Wilder. Presque tous les soirs de la semaine, après minuit, au Krasnapolsky ou au Dan Turèll, on pouvait le trouver au bar, entouré de ses groupies et de ses amis de la clique d'artistes connue sous le nom de *De Vilde* – Les Indomptables. Une bande vêtue de noir, composée d'hommes d'une trentaine d'années à l'allure brutale et de femmes du même âge, à la bouche dure et aux yeux marqués par un maquillage théâtral. C'était comme observer un système de planètes, chacune avec ses lunes et ses satellites. Le soleil n'était pas une personne, mais l'idée même de la nouveauté, de l'innovation, du champ de force chauffé à blanc et irradiant, que l'on nomme également l'esprit du temps. Il s'agissait avant tout d'en être. Autour de l'orbite des planètes et des lunes magiques, c'est tout un halo ordinaire de curieux impressionnés qui s'est formé. Tout le monde connaissait quelqu'un qui connaissait Claes Wilder. J'aurais dû être enthousiaste. « Ne t'inquiète pas, je ne sors pas avec lui », a ajouté Anna. Elle m'a accompagné dans le couloir. Elle m'a dit : « Merci pour tout. » Cela m'a rendu triste, et je n'ai même pas compris pourquoi. « J'espère qu'on va se revoir », a-t-elle ajouté. Alors que je pédalais vers l'est dans Jagtvej, je me suis demandé pourquoi je ne m'étais pas senti plus heureux quand elle m'avait dit qu'elle espérait me revoir. Lorsque j'avais enfourché mon vélo, j'avais songé que ces mots pouvaient être perçus comme une simple formule de politesse, car personne ne considère rien comme acquis. À une époque où l'on baise comme on veut, que l'on se connaisse ou non, et sans promesse de répétition ou de quoi que ce soit d'autre que du sexe, c'est juste de la courtoisie, par pudeur, que d'exprimer le souhait de se revoir une autre fois.

J'ai essayé de travailler en rentrant à la maison, mais je n'arrivais pas à me concentrer. Je voulais sortir, mais je n'osais pas de peur qu'elle m'appelle. J'étais persuadé que ce serait une mauvaise idée de l'appeler moi-même. Finalement, je suis allé marcher jusqu'au port de plaisance, la même promenade que je faisais si souvent. Le vent s'était levé, les étraves des bateaux amarrés cognaient dans la mer agitée, les cordages claquaient furieusement contre les mâts. Bientôt, ils seraient ramenés à terre et les pontons de planches resteraient comme des bras tendus dans le bassin vide du port. J'ai marché jusqu'à la jetée du chenal d'entrée et je me suis appuyé contre le phare. J'ai regardé fixement les murs de la centrale thermique de Svanemølle et les grands réservoirs de l'autre côté du port. Elle n'a pas paru surprise lorsque j'ai appelé le lendemain. Le ton de sa voix était accueillant, mais pas du tout affectueux.

Quand j'ai essayé de lui dire que cela avait été une soirée particulière pour moi, elle a répondu par un « hmm » prolongé. Le même son affirmatif et trop manifestement empathique émis par un psychologue lorsque l'on vide son cœur. Je lui ai demandé si elle faisait quelque chose, elle a hésité un peu, ce soir, ce n'était pas possible. Elle a dû entendre ma déception, car elle s'est empressée de me dire qu'elle m'appellerait lundi. Je lui ai dit qu'elle pouvait m'appeler quand ça lui plaisait, sachant que ma dignité ne tenait qu'à un fil ténu. « Je t'appellerai lundi », a-t-elle répété.

Après lui avoir dit au revoir, je me suis dépêché de rejoindre Hans-Georg. Nous avons mangé dans un restaurant italien bon marché dans Blegdamsvej. Il avait d'abord hésité, jusqu'à ce que je lui dise que je l'invitais. Il était pâle et avait l'air encore plus misérable que d'habitude. Il a réussi à fumer deux cigarettes avant que le serveur n'apporte nos pâtes. Je lui ai demandé si quelque chose n'allait pas. Il m'a regardé avec cette expression que je ne connaissais que trop bien, où le reproche se mêlait à la résignation. Avais-je cessé de lire les journaux ? Je lui ai versé un autre verre du vin rouge de la maison. J'avais bien lu la nouvelle de l'attaque aérienne israélienne sur le camp de l'OLP en Tunisie. Cette attaque, à des milliers de kilomètres d'Israël, avait suscité une condamnation internationale, même de la part de Ronald Reagan. Il s'agissait de représailles après que des terroristes palestiniens eurent détourné un yacht au large de Chypre et exécuté les trois touristes israéliens qui se trouvaient à bord. Des agents du Mossad, m'a corrigé Hans-Georg. J'ai dit que d'après ce que j'avais lu, il s'agissait d'un couple d'une cinquantaine d'années. Il m'a répondu que les chasseurs israéliens avaient tué 47 personnes, dont plusieurs enfants. Mais j'étais peut-être devenu sioniste ? J'ai demandé si la fin justifiait toujours les moyens. Il m'a répondu que c'était typique de moi de faire appel ainsi à cette morale petite-bourgeoise. Certaines fins justifiaient certains moyens dans certaines situations, c'était la seule façon pour un peuple opprimé de sortir de son rôle de victime de l'Histoire. La sympathie à elle seule ne leur rendrait jamais la terre dont ils avaient été chassés. Il a vidé son verre, je l'ai rempli, les spaghettis ont refroidi dans son assiette. Je me suis senti comme un petit-bourgeois insensible en mangeant pendant qu'il parlait. Ce n'était pas mes affaires, a-t-il ajouté, mais il y avait une forte probabilité qu'il connaisse certaines personnes parmi les morts et les blessés. Il m'a dévisagé pendant qu'il marquait une pause pour en rajouter sur l'effet de ses paroles. C'était le camp qu'il avait visité au printemps. Il aurait tout aussi bien pu s'y trouver le mardi précédent. À peine trois semaines plus tôt, il avait parlé avec l'un de ses contacts de la possibilité d'y retourner. J'aurais pu lui demander comment il pouvait se payer le voyage. Au lieu de cela, je lui ai demandé pourquoi il se rendait là-bas. Il a répondu que cela n'avait pas d'importance, a enroulé des spaghettis autour de sa fourchette, a mangé et a repoussé l'assiette pour allumer une cigarette à la place. Il aurait peut-être un service à me demander bientôt. Je me suis dit que j'aurais dû me réjouir à l'idée que Hans-Georg était prêt à avoir une dette à mon égard, et me donner une chance de gagner son respect.

La soirée a suivi son cours habituel. Hans-Georg a dominé la conversation avec son soliloque tantôt magistral, tantôt inspirant. Lorsqu'il ne jouait pas le rôle du pédagogue de la révolution, sec et strict, il pouvait être passionnant à écouter. Il n'y a pas de recoin historique ou scientifique que sa curiosité gloutonne n'ait pas visité pour s'en imprégner. Avec lui, j'avais toujours l'impression de vivre avec des œillères, et ce n'était pas seulement parce qu'il possédait plus de connaissances. Même si j'avais grandi en périphérie de la métropole, j'étais plus provincial que lui, le Jutlandais du Sud qui n'était venu à la ville que pour étudier. Parfois, il oubliait un peu la lutte anti-impérialiste et parlait chaleureusement de sa région d'origine. Il m'a parlé de la migration automnale des étourneaux et de la façon dont, au coucher du soleil, avant de se poser pour la nuit, ils tournaient au-dessus du marais et ondoyaient en formations qui ressemblaient à des nuages de fumée. Hans-Georg avait fréquenté le lycée de Ribe et m'a raconté que Brorson avait été évêque de la ville. Il avait eu un fils fou qui était enfermé à la maison. L'évêque avait écrit ses cantiques profonds et ardents alors qu'il entendait son fils crier de l'autre côté du mur. La conversation pouvait passer de la lutte des Palestiniens pour la liberté aux auteurs d'hymnes piétistes, alors que nous traversions le Dronning Louises Bro pour emprunter la Route de la Soif. Nous rencontrions généralement quelqu'un que nous connaissions et, comme toujours, nous nous retrouvions au Dan Turèll vers minuit. Il y avait encore si peu de clients que l'on pouvait s'installer au bar. Nous avons entamé une conversation avec un type qui avait été dans notre classe. Il avait abandonné la philo et étudiait maintenant la réalisation à l'école de cinéma. Pour Hans-Georg, ce dernier n'était manifestement qu'un phénomène de superstructure. J'ai suivi du mieux que j'ai pu, mais je ne prêtais pas vraiment attention.

La salle exiguë aux grands miroirs s'est remplie peu à peu, et dans la foule qui est venue se placer au bar, j'ai aperçu la silhouette brutale de Claes Wilder. Il était accompagné de deux autres types, dont l'un me disait quelque chose. Cette pensée était comme une mouche qui essayait sans cesse de se poser sur mon visage. La pensée qu'Anna le connaissait. Je n'avais aucun moyen de savoir si sa veste en cuir avait également été accrochée un matin dans le couloir de Howitzvej. « Je ne sors pas avec lui », avait-elle dit, bien inutilement, me semblait-il. Claes Wilder était manifestement au centre de l'attention, là, à parler d'un truc quelconque, et peu à peu un cercle de ses connaissances s'est formé autour de lui. Il avait le visage rougeaud et ses cheveux coupés à la tondeuse soulignaient le côté charnu de son visage. Il ressemblait à un gladiateur romain, lourd, un peu vantard, avec un air méfiant dans ses yeux bleu pâle. Il devait avoir une bonne dizaine d'années de plus que moi, il était une star depuis longtemps, et son autorité était indissociable de son allure pesante et un peu menaçante. Ce qui était certain, c'est qu'il avait vu Anna devant lui, sans vêtements, et qu'il n'y avait donc eu qu'un fusain entre lui et ses bras, ses épaules, ses seins, ses hanches, ses jambes. J'ai essayé de me rappeler les dessins sur son mur. Il n'y avait qu'un ovale anonyme à la place du visage. Je n'arrivais pas à savoir si j'étais soulagé ou inquiet. Je l'ai vu ouvrir les bras alors qu'une grande fille aux cheveux teints entrait dans le bar. Alors qu'il l'embrassait et lui tapotait jovialement les fesses, je me suis demandé si cela n'aurait pas pu être Anna Secher à la place.

J'ai laissé les autres et j'ai pris le bus pour rentrer chez moi. J'ai essayé de travailler, en mettant le casque pour ne pas déranger les voisins, tout en écoutant les derniers disques que Miles Davis avait enregistrés avec Wayne Shorter et Herbie Hancock avant de passer à l'électrique. Des rythmes fluides et des accords développés. J'ai inséré une feuille de papier dans ma machine à écrire de voyage, mais j'ai regardé fixement dans le vide. Plus tard, je suis resté allongé, tout éveillé, à écouter les taxis qui passaient devant Svanemøllen et sur le pont qui enjambe la voie ferrée. J'avais dû m'endormir, car j'ai été réveillé par l'interphone. J'ai pensé que c'était probablement Hans-Georg qui venait profiter de ma promesse de rester chez moi pendant une semaine, voire deux. Anna a ri triomphalement en montant d'un bond les quelques marches depuis la porte de l'immeuble. Comme si, en apparaissant soudain, elle avait trompé tout et tout le monde, y compris elle-même et ma peur tenace de Claes Wilder. Je lui ai demandé comment elle avait découvert où j'habitais et elle a souri avec indulgence : « Tu es dans l'annuaire ! »

Nous n'avons pas dormi avant qu'il ne fasse jour. Je me suis réveillé quand elle s'est libérée doucement de mon bras. Elle s'est levée du lit et, sans rien enfiler, elle s'est dirigée vers la fenêtre, a tiré sur le store et l'a ouvert avec un claquement. Dehors, il y avait le bus habituel à l'arrêt. Elle a salué les passagers assis derrière les fenêtres du bus, attendant qu'il se mette en route. Pas un seul n'a détourné le regard. Je me suis rendu compte que les passagers inconnus ne pouvaient rien faire d'autre que de regarder fixement. S'ils s'étaient détournés, la gêne aurait été amplifiée et leur serait retombée dessus. Nous sommes restés couchés un long moment, nous posant plein de questions. Elle avait su que sa mère voyait un autre homme avant que son père ne l'apprenne. Sa mère avait tenu à faire d'elle sa confidente. Si la chose ne lui avait pas finalement été mise sous le nez, son père ne l'aurait peut-être jamais découverte, tout obnubilé qu'il était par sa mécanique quantique. Lorsque nous avons fini par nous lever, nous avons pris nos vélos, suivant Strandvejen jusqu'à la plage de Bellevue. L'été était déjà loin, mais ce jour-là, il y en avait encore un reste ténu dans la lumière brumeuse. Nous nous sommes allongés sur la plage vide et, quand il a fait trop froid, elle a grimpé sur l'un des postes de surveillance des sauveteurs, avec leurs rayures bleues, qui font penser à la jeunesse et la baignade à une époque bien avant notre naissance. Elle m'a regardé. Je n'ai pas bougé, je n'ai rien dit, je l'ai laissée regarder.

Pourquoi elle ? La question est mal posée, car tout a commencé avec elle, son visage même, la façon dont le mélange aléatoire de gènes de ses parents s'est présenté et développé pour devenir cette jeune femme parmi toutes les jeunes femmes qui, ce samedi-là, s'est tenue dans ce rayon de soleil fugace, parmi tant d'autres. Tomber amoureux n'a pas de raison d'être, c'est la raison même de tout ce qui suit, une longue chaîne d'actions, d'émotions, de décisions, de nécessités, d'espoirs et de déceptions. On est frappé par hasard, par le mystère du visage d'une inconnue, et si on croit que c'est seulement notre propre désir vacillant qui l'imprègne de toute cette magie, alors on vit sa vie dans une bulle. Au contraire, c'est Anna qui a fait éclater la bulle, juste en soufflant, de sorte que j'étais soudain libéré et nu. La voir avait été une petite violence, et cela n'a servi à rien quand, plus tard, je me suis dit que tout cela n'était que le fruit de mon imagination et qu'elle n'était elle-même que l'objet fortuit de mes rêveries accumulées. La vie consiste à insister sur le fait qu'elle avait ce pouvoir, parce que sinon, cela n'a pas de sens. Elle m'a fait me voir de l'extérieur, et à partir de là, je n'ai plus été le même.

L'automne est arrivé et il a plu presque sans discontinuer. Dans mon souvenir, c'était comme si j'étais constamment en train de réchauffer ses pieds froids parce que nous avions été pris une nouvelle fois dans une averse. J'ai rencontré son père à plusieurs reprises, un homme timide, myope, au crâne dégarni et aux pantalons en velours côtelé usés. C'était une nouveauté pour moi qu'il y ait deux trousseaux de clefs pour mon appartement. Parfois, elle était là lorsque je rentrais d'un cours. Je ne me souviens pas que nous ayons parlé de l'avenir et, à l'époque, je n'y pensais pas non plus, absorbé que j'étais par nos conversations qui nous entraînaient sans cesse dans de nouvelles directions. Si nous avions passé la journée ensemble, nous sortions le soir, et même si j'essayais d'éviter le Dan Turèll, à la longue, ce n'était pas possible. Un soir, elle parlait avec le gars qui étudiait à l'école de cinéma quand Claes Wilder est entré. Son visage s'est illuminé et il l'a serrée dans ses bras. Je les ai regardés du coin de l'œil tout en parlant à mon copain de l'école de cinéma de Pasolini le réalisateur et de Pasolini le poète. Claes Wilder la fixait de son regard aqueux, comme si elle se soumettait volontairement à une hypnose momentanée. Je n'arrivais pas à savoir si elle lui disait qu'elle était avec quelqu'un. Quand elle a fait demi-tour le long du bar, lui, il s'était déjà tourné vers la personne suivante qui s'était approchée pour le saluer. Dans le bus pour Svanemøllen, j'ai fait tout mon possible pour paraître décontracté et confiant lorsque je lui ai demandé de quoi elle avait parlé avec Claes Wilder. Elle a vu clair dans mon jeu et m'a demandé, comme si c'était l'idée la plus absurde qui soit, si j'étais jaloux.

J'aurais sans doute pu éviter la suite si j'avais avoué ma jalousie. Autant elle était indifférente à la vision dialectique de Hans-Georg sur l'avancée inévitable de la civilisation vers un monde meilleur et plus juste, autant elle semblait tolérer les faiblesses humaines de toutes sortes. Elle aurait probablement eu pitié de moi, comme si elle n'était pas l'objet d'une émotion misérable. Elle m'en aurait fait rire, comme elle pouvait me faire rire de moi-même lorsqu'elle imitait mes parades suffisantes et me faisait me détendre. Elle m'avait surpris en étant meilleure que moi en mathématiques, mais dans le domaine des émotions et de la morale, aucune équation n'avait de sens pour elle. Je me suis ridiculisé. J'ai répondu que, bien sûr, je n'étais pas jaloux, pourquoi l'aurais-je été ? Elle s'est arrêtée, nous venions de descendre du bus, il pleuvait, pour changer. Elle est restée plantée là, sous la pluie, devant la gare de Svanemøllen et m'a regardé. Il suffisait de traverser la rue, de continuer quelques mètres et nous serions chez moi au sec, mais elle restait là, avec ses cheveux mouillés et ses chaussures trempées. C'est la question qui l'a ulcérée. Le fait de lui avoir demandé s'il y avait une raison. Le fait que je lui demandais de prouver que je n'avais aucune raison d'être jaloux. J'ai essayé de me justifier en disant que c'était elle qui m'avait demandé si je l'étais. J'aurais dû être plus intelligent. Qu'était-elle censée penser quand je me permettais de l'interroger sur ce dont elle avait parlé avec Claes ? En quoi est-ce que ça me regardait ? Elle s'est retournée et est entrée à pas rapides dans la gare. Je l'ai suivie en l'interpellant, pensant qu'elle avait appelé Claes Wilder par son prénom. Elle a dévalé les escaliers jusqu'au quai numéro un. « Laisse-moi tranquille », a-t-elle soufflé alors que je la suivais sur le quai. C'était une scène. Les rares personnes qui attendaient ont fait semblant de ne pas nous remarquer. Je me suis excusé, j'ai dit que je comprenais bien sa colère. Un train de banlieue s'est approché et a glissé le long du quai. J'ai répété mes paroles, comme si cela pouvait aider. Elle a tourné la tête et m'a lancé un regard dur. « Tu es pitoyable », a-t-elle dit avant de monter. Le mot m'a foudroyé. Je suis resté figé pendant qu'elle avançait dans le wagon entre les sièges vides. Le train s'est mis en marche, pendant un instant, j'ai pu voir son manteau vert dans la lumière terne du compartiment, puis le train a continué vers la ville.

Une fois rentré à l'appartement, j'ai ôté mes vêtements mouillés et je me suis enveloppé dans ma couette. Elle avait raison, je me sentais pitoyable. J'ai regardé ma montre et j'ai essayé de calculer la distance qu'elle avait pu parcourir. Le scénario le plus probable était qu'elle était descendue à Vesterport et avait pris la ligne 14 dans Gammel Kongevej. Quand j'ai pensé qu'elle avait dû arriver chez elle, j'ai composé son numéro. Ce n'est qu'à ce moment-là que je me suis rendu compte qu'il était minuit passé. C'est son père qui a répondu. Heureusement pour moi, il était tellement distrait qu'il n'avait probablement pas trop conscience de l'heure. Non, malheureusement, Anna n'était pas à la maison, devait-il prendre un message ? Je l'ai prié de lui demander de m'appeler. Je suis resté près du téléphone pendant une heure. Je n'arrivais pas à me décider à aller me coucher, mais je n'osais pas non plus rappeler. J'ai réglé mon réveil et je me suis levé avant qu'il ne fasse jour. La pluie s'était arrêtée, mais il faisait froid quand j'ai traversé la ville à vélo en suivant Jagtvej. L'hiver était là et je n'étais pas assez couvert. J'ai attendu entre l'église et la caserne des pompiers, en face de l'entrée de son immeuble. Il y avait de la circulation, des voitures et des vélos passaient en direction du centre-ville. Des citoyens dénués d'expression se rendant au travail par un matin ordinaire de novembre. Moi-même, je restais immobile, comme si j'étais une statue de bronze sur laquelle les pigeons pouvaient se poser et chier, sauf que je gelais à mort. J'avais décidé de ne pas sonner à la porte, que ce soit par une ultime intention de conserver ma dignité, ce qui était déjà inutile, ou par une volonté de mise en scène. Je ne me souviens pas de ce que je pensais de ma démonstration d'obstination, ni même si j'espérais contracter une pneumonie comme preuve de mon… Eh bien, mon quoi ? Je ne sais plus si je me tenais là pour prouver quelque chose ou si je devais simplement la voir, et qu'il n'y avait pas d'autre endroit au monde où cela aurait eu plus de sens. L'heure de pointe était passée et les teintes bleues du matin avaient cédé la place à un jour gris lorsqu'elle est enfin sortie de l'immeuble. Mes jambes étaient engourdies et j'avais l'impression d'être une statue qui reprenait vie et luttait à grand-peine pour sortir de son immobilité. Elle s'est arrêtée quand je l'ai hélée, elle a regardé autour d'elle et m'a aperçu au moment où je traversais la rue. Elle m'a demandé depuis combien de temps j'attendais. Elle n'était plus en colère. « J'ai attendu depuis le lever du jour », ai-je dit, et j'ai entendu à quel point c'était pathétique. Elle avait un rendez-vous. Elle viendrait me voir plus tard. Elle m'a caressé la joue. « Tu es tellement bête », a-t-elle dit doucement.

Elle est venue, la vie a continué. Elle était aimante, sans réserve, et il était même apparu une tendresse entre nous, une nouvelle couleur qui se mêlait aux autres, mais elle pouvait aussi se montrer distante et introvertie. Je ne savais pas si c'était parce que je commençais seulement à découvrir cette facette d'elle, ou s'il y avait eu un changement. Je n'osais pas lui demander à quoi elle pensait lorsqu'elle était ainsi silencieuse. Il ne fallait pas qu'elle ait besoin de souligner à nouveau son indépendance. Qu'elle était libre. J'étais certain que j'avais été sur le point de la voir disparaître de ma vie aussi soudainement qu'elle était apparue. J'avais découvert quelque chose sur moi-même lorsque je m'étais retrouvé seul à la gare de Svanemøllen et, le lendemain matin, gelé, les yeux fixés sur la porte de son immeuble. J'avais peur qu'elle ne disparaisse dans le temps qu'il me fallait pour cligner des yeux. Je n'aurais jamais pensé tomber aussi bas. Je ne supportais pas qu'un homme comme Claes Wilder ait, à mon insu, un pouvoir sur mes émotions, mais il y avait aussi autre chose. J'ai pensé aux petites amies que j'avais eues et au fait que c'était souvent moi qui ne tenais pas en place. Je m'étais considéré comme étant libre comme l'air, je croyais que je ne pouvais pas être moi-même sans me soustraire aux attentes des autres qui, comme autant de tentacules, me retenaient, m'entravaient. Et puis, l'emprise a été complètement différente. Mon envie la plus profonde, la plus dévorante, la plus tranchante, n'était pas d'être libre, mais d'être à elle.

Dans mon souvenir, Hans-Georg m'a appelé juste quelques jours plus tard. J'étais seul dans mon appartement en train de lire. Il avait l'air préoccupé, presque petit. Il m'a demandé si je me souvenais qu'il m'avait demandé s'il pouvait rester chez moi. Je lui ai demandé quand il voulait venir. Il m'a répondu maintenant. Je lui ai répondu que je l'appellerais un peu plus tard. Il m'a dit que c'était lui qui me rappellerait. Ce n'est qu'à ce moment-là que j'ai compris qu'il se trouvait dans une cabine téléphonique. Nous avons raccroché et je suis resté un moment à réfléchir. Il était hors de question de le rejeter. D'autres n'auraient peut-être pas hésité. D'un autre côté, je ne nous voyais pas dormir par terre à tour de rôle, et même s'il avait encore libre accès à ma mauvaise conscience, je n'étais pas prêt à me jeter dans les bras de la révolution. J'ai appelé Anna, heureusement, elle était à la maison, je lui ai expliqué la situation. À ma grande surprise, elle m'a dit d'un ton décontracté que je pouvais emménager chez elle. J'étais persuadé qu'elle se sentirait sous pression si je le suggérais moi-même, comme si j'essayais de l'envahir. Lorsque Hans-Georg a rappelé, je lui ai dit de venir. Cela ne lui a pas pris plus de vingt minutes, il avait dû téléphoner d'une cabine proche. Il m'a dit qu'il était sûr que je dirais oui, mais il a semblé sincèrement reconnaissant lorsque je l'ai fait entrer. Il n'avait rien avec lui, pas même un sac en plastique. Je lui ai tendu la clef, gêné d'avoir le dessus, pour une fois. Il m'a demandé s'il ne devait pas faire un double. Je lui ai dit que ma copine en avait un. Il m'a regardé avec un sourire en coin, il ne savait pas que j'avais une copine. J'ai mis quelques vêtements et quelques livres dans un sac. Il m'a fallu le tenir par la poignée pour qu'il ne tombe pas du porte-bagages. En traversant la ville à vélo, je me suis rendu compte que c'était la première fois que je parlais d'Anna de cette façon. Ma copine ?

Elle a ri comme si c'était une sorte de jeu lorsque j'ai débarqué à Howitzvej avec mes bagages. Elle a trouvé une clef supplémentaire dans l'armoire du compteur électrique et a fait de la place dans sa bibliothèque pour mes livres. Elle a ouvert l'un d'eux et a lu à haute voix les *Méditations* de Descartes : « Il y a déjà quelque temps que je me suis aperçu que, dès mes premières années, j'avais reçu quantité de fausses opinions pour véritables, et que ce que j'ai depuis fondé sur des principes si mal assurés, ne pouvait être que fort douteux et incertain ; de façon qu'il me fallait entreprendre sérieusement une fois en ma vie de me défaire de toutes les opinions que j'avais reçues jusques alors en ma créance, et commencer tout de nouveau dès les fondements… » Elle m'a regardé d'un air perplexe. J'ai dit que Descartes considérait avoir prouvé l'existence de Dieu dans ce livre. « Quelle chance pour Dieu », a-t-elle dit avec un sourire. Nous nous sommes allongés sur son lit, elle a posé sa tête sur mon bras. Je me suis dit que cela pourrait être comme cela si un jour nous vivions vraiment ensemble. Elle était allongée, le visage tourné vers le mur. Je lui ai demandé si elle croyait en Dieu. Elle a levé la main et fait glisser son index le long d'un joint du papier peint blanc. « Je ne sais pas », a-t-elle dit doucement. Puis elle s'est retournée soudain et a enfoui sa tête sous mon menton. Je pouvais à peine entendre ce qu'elle marmonnait avec chaleur contre mon cou. « Je ne sais pas, a-t-elle répété, alors c'est bien qu'Il croie en moi. » Nous sommes restés longtemps sans rien dire. Je me disais que même si nous étions faits de la même étoffe, il y aurait toujours des choses chez elle que je ne comprendrais pas. Je n'arrivais pas à savoir si cela me rendait triste ou heureux. Les deux, si je me souviens bien. Je devais sans cesse me rappeler que mon sac n'était là, dans le coin, qu'à cause de Hans-Georg. C'était comme si elle lisait dans mes pensées, car elle m'a demandé s'il avait été mis à la porte par sa femme. J'ai commencé à rire. Elle m'a dit que cela m'allait bien de rire – est-ce que je ne pouvais pas rire comme ça plus souvent ? J'ai répondu que je ne pouvais pas rire sur commande. Oui, sur commande, a-t-elle dit, et elle m'a embrassé à nouveau. Je sais que j'étais heureux cet après-midi-là. Je sais aussi que, pour une fois, je me suis dit que j'étais heureux, pendant que je l'étais.

Puis décembre est arrivé, les guirlandes de sapin et les étoiles pâles dans les rues me rendaient triste. Anna ressentait la même chose. Nous rêvions de nous enfuir, d'aller en Espagne, d'assister à la messe de minuit dans un village andalou, de prendre le ferry pour le Maroc. Au fil des jours, la rêverie s'est muée en projet. Elle avait un peu d'argent sur un compte, a-t-elle dit avec un air cachottier, et elle avait étudié les possibilités. On pouvait prendre un bus de Hambourg à Valence. Je me suis rendu compte que je n'étais pas sorti de la ville depuis mon inscription à l'université. Anna parlait de Tanger et de Marrakech comme si on pouvait y aller d'un simple claquement de doigts. Un après-midi, lorsque je suis rentré à Howitzvej après un cours, elle n'était pas là. Nous avions passé la matinée au lit. Elle n'avait pas parlé de sortir. L'appartement est redevenu un endroit étranger parce que j'y étais seul. J'ai fait du thé et je me suis assis pour lire dans sa chambre, mais je n'arrivais pas à me concentrer et j'ai commencé à ranger. Au milieu de tout cela, il m'est venu à l'esprit que cela l'agacerait peut-être que je déplace ses affaires. Il y avait peut-être un ordre dans son chaos dont je ne m'étais pas rendu compte. J'ai regardé les dessins de Claes Wilder. Était-ce lui qu'elle voyait aujourd'hui ? Je n'avais pas osé lui demander si elle l'avait revu après cette soirée pluvieuse à la gare de Svanemøllen, où j'avais failli la perdre. Peut-être avait-elle réagi si violemment pour me dissuader de lui poser à nouveau la question. Alors que je triais des papiers qui traînaient sur une chaise, une feuille est tombée par terre. C'était un rappel de la bibliothèque municipale, je l'ai retourné, un numéro de téléphone et un nom étaient griffonnés de son écriture vacillante : Claes. J'ai retourné la note, elle était datée du mois d'août, avant que je ne la rencontre. Je me suis empressé de ranger la feuille dans la pile sur la table, non sans avoir d'abord noté le numéro. Lorsque j'ai eu fini de nettoyer, je me suis assis à la table devant la fenêtre, mais il était vain d'essayer de lire. La nuit est tombée et je suis resté assis sans allumer la lampe sur la table. Les dessins sur le mur ont capté les dernières lueurs du jour. On ne distinguait plus les traits de fusain nerveux qui dessinaient le corps longiligne d'Anna. Je ne pouvais m'empêcher de l'imaginer, nue dans une pièce inconnue, face à Claes Wilder en blouson de cuir noir. Ses yeux bleus délavés qui la mesuraient froidement. Je me suis reproché d'être la victime du délire de ma jalousie. J'allais tout gâcher si je n'apprenais pas à respecter sa liberté, non, à l'aimer comme j'aimais tout le reste de sa personne.

Je pense que j'étais resté comme ça depuis plus d'une heure quand la porte d'entrée a été déverrouillée et refermée en claquant. J'entendais bien que ce n'était pas elle. Un cintre a tinté contre le portemanteau, puis les pas fatigués du physicien nucléaire se sont éloignés dans le couloir. J'ai sursauté quand on a frappé un peu plus tard et je me suis dépêché d'allumer la lampe. J'ai même ouvert le livre devant moi, pour faire semblant. Il avait dû se déchausser. Je me suis levé et je suis allé ouvrir la porte avec un sentiment étrange, car j'étais tout de même un invité. Il mesurait une tête de moins que moi, mais cela ne semblait pas le gêner, au contraire, il souriait joyeusement, comme s'il ne pouvait que constater que le type d'Anna était effectivement une sorte de grande perche. Même s'il était chauve, il semblait plus jeune qu'en réalité. Comme un garçon qui n'aurait pas remarqué qu'il vieillissait, toujours complètement absorbé par ce qui l'avait captivé à l'époque. Ses lunettes étaient épaisses mais étroites, il portait probablement les mêmes depuis plus de vingt ans. Il y avait chez lui quelque chose d'intemporel, comme décalé, mais je n'ai réalisé tout cela que plus tard, lorsque nous nous sommes dit bonsoir et que nous sommes allés chacun dans notre chambre. Je ne lui aurais jamais parlé si Anna ne nous avait pas laissés seuls. Il m'a demandé si je voulais dîner avec lui. Apparemment, il savait que nous ne la verrions peut-être pas pendant un certain temps. Peut-être lui avait-il parlé. Je n'ai pas osé demander, de peur de m'exposer.

Nous étions assis dans la cuisine, il avait préparé un civet de lapin. Il avait mijoté toute la matinée, m'a-t-il confié avec l'œil pétillant. Je lui ai demandé où il avait trouvé le lapin. « Il y a des lapins partout », m'a-t-il dit en souriant à nouveau. Ce n'est pas une bouteille bon marché qu'il a débouchée. Il a pris soin de renifler le bouchon et de verser la première gorgée dans son propre verre avant de me servir. « C'est un plaisir de t'avoir ici », a-t-il dit après que nous avons trinqué. J'ai senti qu'il avait préparé cette phrase et qu'il s'était peut-être même demandé si elle serait appropriée. Il m'a posé des questions sur mes études, mais pas de manière superficielle ou comme un parent. Anna avait dû lui dire que j'étudiais la philosophie. « La première science », a-t-il déclaré, et il s'est mis à déplorer, au nom de sa discipline, que les sciences naturelles se soient éloignées de la pensée pure. Pendant qu'il parlait, j'ai pensé qu'il avait dû se résigner au fait que sa femme l'avait quitté pour un autre homme. Ma découverte de sa vie privée ne m'a pas fait éprouver de la pitié pour lui, ni un sentiment de supériorité, même si, avec sa calvitie et son allure de garçon, il avait l'air de quelqu'un qui avait sauté l'étape de la virilité, absorbé par les réflexions asexuées de la science. Aujourd'hui, je regrette de ne pas avoir écouté plus attentivement la seule fois où j'ai parlé au père d'Anna, abruti que j'étais par l'obsession de savoir où elle était, avec qui elle était et ce qu'elle faisait. Je n'écoutais que d'une oreille distraite, je ne sais donc pas comment il a abordé la vitesse de la lumière, et les inégalités. J'ai dû faire semblant de savoir qui était Ole Rømer, et qu'après avoir travaillé à l'observatoire de Tycho Brahe sur Hven, il avait passé dix ans en France comme professeur du dauphin de Louis XIV. « Rømer a observé le satellite interne de Jupiter, Io, pendant un an, a expliqué le père d'Anna. Il a mesuré l'intervalle entre la disparition de Io derrière la planète et sa réapparition de l'autre côté. » Il avait oublié le civet de lapin devant lui, occupé à illustrer son explication d'une main fermée et de deux doigts ouverts comme s'il tenait la lune en tenaille. « On pourrait penser que Io apparaît toujours au même moment, mais parfois c'est plus tôt, parfois plus tard. C'est à cause de la rotation de la Terre autour du Soleil ! » Il m'a regardé triomphalement à travers ses lunettes étroites en m'expliquant comment Ole Rømer avait ainsi démontré que la lumière mettait du temps à nous parvenir et que ce temps pouvait être calculé. Alors que je suis en train d'écrire, il me vient à l'esprit que les phrases que j'ai sous les yeux sont aussi une façon de mesurer une distance. Les impressions que j'ai du père d'Anna ne me parviennent que maintenant, plusieurs années après avoir lu par hasard sa nécrologie, parce que j'essaie de me souvenir de lui. Parce qu'il est redevenu important pour moi de me souvenir le plus possible des mois que j'ai passés avec sa fille.

Entre cette nuit-là et la fin, j'ai des doutes sur la suite des événements. C'est comme un kit dont on aurait perdu le mode d'emploi. Je ne sais pas combien de pièces manquent. Par exemple, je ne sais pas si cela ferait une grande différence si je pouvais me rappeler si Anna est revenue avant la prochaine chose dont je me souviens. Ou plutôt, avant ce qui vient ensuite dans mon souvenir. Il n'y avait personne dans l'appartement lorsque j'ai décroché le téléphone sur le bureau de son père, dans le salon. J'ai composé le numéro de Claes Wilder et j'ai attendu, conscient de ma respiration. Je n'ai pas reconnu sa voix, mais il est vrai que je ne lui avais jamais parlé non plus. Les fois où je m'étais trouvé près de lui, ses paroles étaient à moitié couvertes par les voix et le juke-box du Dan Turèll. Je me suis présenté, craignant qu'il ne me demande comment j'avais eu son numéro. J'ai dit que j'écrivais pour une revue d'étudiants que nous étions en train de préparer et que je voulais faire une interview. Il m'a demandé de quel genre de revue il s'agissait. Je lui ai expliqué qu'elle n'avait pas encore de nom, mais que nous voulions nous positionner au croisement de la philosophie, de la littérature et de l'art. J'étais certain qu'il pouvait me percer à jour. Ce serait formidable, ai-je poursuivi, si nous pouvions publier une interview de lui dans notre premier numéro. À ma grande surprise, il m'a dit que je pouvais venir cet après-midi-là. Peut-être pour être débarrassé, me suis-je dit, puisque, sur un coup de tête qui le surprenait probablement autant que moi, il ne m'avait pas dit d'aller me faire foutre.

Son atelier se trouvait au fond d'une cour dans Store Kongensgade, une vaste pièce haute de plafond avec des piliers, un chevalet et une large table de travail entourée de chaises inconfortables. Une grande quantité de toiles étaient adossées à un mur, la plupart avec leur châssis tourné vers l'extérieur. Un escalier bricolé avec des morceaux de pin menait à une mezzanine, où j'ai aperçu un portemanteau avec des vestes et des chemises et ce qui ressemblait à une couette froissée. Anna l'avait-elle laissée ainsi, en boule, comme elle en avait l'habitude ? Je ne l'avais jamais vue s'abaisser à faire un lit. Une série de tableaux de grande taille était alignée le long du mur opposé, variations sur la même forme verticale, une forme d'amande, peintes d'un trait vigoureux. Sur les premières toiles de la série, j'ai reconnu la gloire, cette couronne de lumières rayonnantes, un élément récurrent de l'art médiéval qui sert de cadre à la représentation de la Vierge Marie. On devinait une figure féminine dessinée de manière schématique avec les mains jointes, mais elle disparaissait dans les tableaux suivants, où la forme de l'amande était retravaillée dans des couleurs et des traits qui évoquaient de plus en plus clairement les plis de la peau, le périnée et les poils. En étudiant les toiles de plus près, j'ai pu distinguer les lettres capitales grossières, griffées dans la peinture humide, et les mots HAIL, MARY. Sur le dernier tableau, j'ai d'abord cru qu'il s'agissait de la même inscription, jusqu'à ce que je remarque que HAIL avait été remplacé par HELL. Je me suis retourné. Claes Wilder m'a observé d'un regard qui, pendant un instant, m'a semblé démoniaque, jusqu'à ce qu'il me paraisse presque naïf. « Alors, qu'est-ce que tu veux savoir ? » m'a-t-il demandé. Nous nous sommes assis à l'une des extrémités de la grande table, où il avait dégagé un coin et posé deux bières. « Hell, Mary », ai-je dit d'un ton que j'ai essayé de garder neutre. Il a semblé rougir légèrement, mais c'était difficile à dire. Il avait ce teint rougeâtre que les gens à la peau claire ont souvent, peut-être avait-il aussi une tension artérielle trop élevée. J'ai dit que j'aurais voulu commencer par la musique. Il a tiqué avec une grimace exagérée et amusée. « Ou plutôt par l'absence de musique, ai-je poursuivi. En 1959, le compositeur d'avant-garde John Cage a donné des conférences à Darmstadt… » « Je connais très bien John Cage », m'a-t-il interrompu, mais j'ai vu qu'il le regrettait aussitôt, agacé de s'être dévoilé ainsi en ayant apparemment besoin d'insister sur ses connaissances. J'ai continué : « John Cage s'est basé sur l'opposition de Schoenberg à la musique tonale, mais cela ne lui a pas suffi. Inspiré par le bouddhisme zen, il recherchait le silence en musique. Là où le silence fait défaut, on sent d'autant plus la volonté du compositeur, et pour Cage, la volonté, c'était le mal. À l'époque, l'Allemagne nazie n'était révolue que depuis quelques années et l'apothéose de l'art nazi avait été le film de Leni Riefenstahl, *Triumph des Willens.* » Wilder a bu une gorgée de sa bière et m'a regardé avec stupéfaction, j'ai apprécié. « Alors, elle vient la question ? » a-t-il dit en faisant un mouvement du menton. « Juste un instant, ai-je dit. Cage était ami avec Jasper Johns, qui s'est fait connaître par ses peintures sans relief du drapeau américain. C'était la fin du geste dans l'art, du pathos, de la référence, du contenu, de l'émotion, de l'interprétation. La peinture n'était plus qu'une chose, et le minimalisme est allé encore plus loin. » Claes Wilder a secoué la tête. « Foutues boîtes de soupe », a-t-il dit. « Oui, c'est merdique, ai-je dit, mais peut-on revenir en arrière ? Peut-on revenir à un travail au pinceau aussi lourd que celui de l'expressionnisme abstrait d'après-guerre sans que cela ne devienne kitsch ? Peut-on revenir à la peinture d'une chatte pour provoquer les bourgeois sans que cela ne devienne involontairement comique ? Je veux dire, le magazine *Weekend Sex* a été légalisé moins de dix ans après que John Cage a donné ses conférences à Darmstadt. Les chattes que tu fais ne sont-elles pas une autre forme de paysages de lacs de forêt ? »

Il s'est mis à rire aux éclats et, une fois lancé, il n'a pas pu s'arrêter. Il ne pouvait ou ne voulait pas, c'était difficile à dire. « Tu veux dire qu'on peut remercier sa musique sans notes pour le fait que le porno a été permis ? » Je n'ai pas pu m'empêcher de rire également. Il a bu à la bouteille et m'a regardé avec ses petits yeux pâles, en appuyant sa main libre sur sa cuisse comme un petit contremaître, le coude en avant et les doigts tournés vers l'intérieur de son entrejambe. Il m'a désigné avec le goulot de la bouteille. « Je sais ce que tu veux savoir. » Il a soutenu mon regard, s'est arrêté un instant et s'est penché en avant. « Tu veux savoir si je l'ai baisée, c'est ça, hein ? Est-ce que je l'ai baisée ? Est-ce que je ne l'ai pas baisée ? Est-ce que oui ? Est-ce que non ? » À chaque question, il a penché la tête d'un côté, puis de l'autre. C'était idiot, mais l'idiot, c'était moi.

Il s'est levé, en titubant un peu, il a fait un pas en avant et s'est appuyé sur le dossier de ma chaise, en se penchant sur moi. Le blanc de ses yeux brillait dans la lumière vive du plafond, et un relent d'alcool tiède s'est répandu sur mon visage. Cela ne pouvait pas être l'effet de cette seule bière. Il a souri d'une manière que je qualifierais presque de douce en croisant mon regard avec ses petites pupilles entourées de bleu délavé. « L'entretien est terminé », a-t-il dit doucement et il s'est détourné. Je me suis levé et je me suis dirigé vers la porte de la cour. Je l'ai entendu bouger derrière moi. Lorsque je me suis retourné, il se tenait devant le chevalet où était tendue une toile vierge.

Il savait qui j'étais depuis le début, peut-être même déjà au moment où je l'avais appelé. Anna avait dû lui parler de moi. Je ne pouvais pas me résoudre à rentrer à Howitzvej. Peut-être qu'il l'appelait en cet instant même. Serait-elle en colère contre lui parce qu'il les avait ainsi dénoncés ? Soudain, j'ai eu la certitude que nous nous étions croisés, moi en route pour Store Kongensgade, elle en train de rentrer chez elle en toute hâte parce qu'elle savait que j'arrivais. Peut-être était-elle avec lui quand j'avais appelé ? J'ai songé à la couette froissée, dans la mezzanine, elle faisait penser à une formation de nuages dodus sur un tableau romantique. Mais peut-être n'était-ce qu'une pensée surgie dans nos deux esprits, à Claes et moi. Il se peut qu'il ait simplement voulu me choquer, parce que je l'avais pris au dépourvu avec mes radotages ampoulés sur John Cage et Jasper Johns. Peut-être était-ce un vœu pieux de sa part, l'idée d'avoir couché avec elle dans sa mezzanine, mais je ne pouvais pas me permettre d'y croire. Ce n'est qu'au bout de quelques minutes que j'ai compris qu'il ne lui dirait peut-être même pas qu'il m'avait confronté, s'il lui parlait, comme j'en étais convaincu. Je devais la voir pour savoir ce qu'il avait dit, le cas échéant, mais j'avais déjà atteint Østerport à vélo. J'espérais que Hans-Georg était à la maison. Nous n'avions pas eu de contact depuis qu'il avait emménagé chez moi. Je n'avais même pas la clef de mon propre appartement. Si j'avais été moins excité, j'aurais pu me poser des questions sur la voiture garée juste derrière l'arrêt de bus, là où il est interdit de stationner. Même si je l'avais remarquée, je ne sais pas si je l'aurais prise comme un signal de danger et si j'aurais continué à rouler au lieu de garer mon vélo et de sonner à mon propre interphone. Une voix derrière moi a prononcé mon nom. Je me suis retourné. Un homme entre deux âges portant un coupe-vent se trouvait sur le trottoir. Il m'a montré son badge et m'a demandé de le suivre.

J'ai été emmené dans un poste de police situé à la périphérie nord-ouest de la ville. L'interrogatoire a duré plusieurs heures. Mon appartement avait été mis sous scellés pour la durée de l'enquête, mais je n'ai pas pu obtenir beaucoup d'informations du policier qui m'a questionné. Hans-Georg avait été arrêté la veille dans le cadre d'une vaste opération de police. Lui et les autres personnes interpellées étaient sous surveillance depuis un certain temps. On m'a interrogé en détail sur ma relation avec lui et je leur ai dit tout ce que je savais. Même si je ne pouvais probablement rien leur dire qu'ils ne savaient déjà, j'ai eu le sentiment d'avoir trahi mon ami. Il ne s'agissait pas seulement des rares détails que le policier a soigneusement notés. Il s'agissait de mon admiration, de mon sentiment d'être désespérément à la traîne derrière Hans-Georg et de mon désir d'être à sa hauteur. C'était notre amitié, que j'ai trahie pendant tout ce temps. Il est resté en détention provisoire jusqu'à ce qu'il soit condamné dans un procès ayant des ramifications dans plusieurs pays européens. Hans-Georg a été reconnu coupable de complicité de hold-up et d'autres délits visant à financer la lutte pour la libération de la Palestine. Ou le terrorisme, comme l'appelaient les journalistes de la télévision. Selon les médias, il aurait participé à la préparation d'un enlèvement qui n'a pas été mis à exécution. J'ai échappé à une inculpation, alors que j'avais prêté mon appartement à Hans-Georg à un moment où j'aurais dû me dire qu'il avait dû entrer dans la clandestinité. Lors de l'interrogatoire, j'ai réussi à minimiser le fait que je savais qu'il pouvait être impliqué dans quelque chose de louche, même si le policier n'a cessé de me demander à quoi je pensais lorsqu'il m'avait appelé pour me demander s'il pouvait habiter chez moi. J'ai insisté sur son manque perpétuel d'argent, sur toutes les fois où j'avais dû payer pour lui lorsque nous sortions en ville. J'ai menti lorsque le policier m'a demandé si je savais qu'il était allé dans un camp d'entraînement de l'OLP. J'ai dit que je pensais qu'il était allé en vacances en Tunisie avec sa mère. C'était un pari, je n'étais même pas certain que sa mère était encore vivante, mais je pensais que c'était une explication plausible si Hans-Georg avait voulu me mener en bateau. Quelques mois après le verdict, j'ai reçu une lettre de l'administration pénitentiaire. Il s'agissait d'une demande de visite de Hans-Georg, envoyée depuis une prison du Jutland central. Je n'y ai pas répondu. Lorsque j'ai pensé à lui plus tard, il m'est apparu comme un étranger. Je me suis dit que cela avait été une période dingue, et je me suis demandé si l'on pouvait vraiment dire qu'il avait été mon ami.

J'ai dû changer de bus et attendre longtemps sur la

pénétrante sur laquelle passe la circulation au nord-ouest de la ville, et après plusieurs heures, j'ai enfin pu me rendre à Svanemøllen pour récupérer mon vélo. C'était étrange de me retrouver devant mon immeuble sans avoir la clef et en sachant que ma porte d'entrée était probablement bloquée par du ruban rouge et blanc. La journée avait passé et j'avais complètement oublié ma rencontre avec Claes Wilder. J'ai pédalé en direction de Howitzvej, la nuit commençait à tomber. Que Claes Wilder ait baisé Anna ou non, je n'avais nulle part où aller. J'ai pensé à ses petites pupilles perçantes et à son visage rubicond, au ton de sa voix lorsqu'il avait dit « baisée ». Derrière les rictus et la froideur, j'avais senti autre chose, une blessure ou du désespoir, je n'arrivais pas à savoir quoi. J'ai pensé à la série de tableaux appuyée contre le mur, où la mandorle avec la silhouette suggestive de la Vierge Marie se transformait de toile en toile en une grande chatte anonyme peinte avec des coups de pinceau féroces et agressifs. Hell, Mary. C'était comme s'il avait voulu rejeter ce qu'il désirait sans doute le plus. Comme s'il préférait détruire plutôt que d'avoir peur, mais peur de quoi ?

La porte a été ouverte au moment où j'ai introduit la clef dans la serrure. Anna a ri de ma frayeur. Elle avait noué une serviette autour de ses cheveux mouillés. Elle m'a étreint et je l'ai serrée contre moi. Nous sommes restés longtemps ainsi, enlacés, avant qu'elle ne me fasse sentir que je devais la lâcher. Elle m'a regardé joyeusement. Où étais-je passé ? Elle commençait à s'inquiéter. Elle semblait tout sauf inquiète, et j'aurais pu lui répondre qu'elle avait elle-même tendance à disparaître. Je crois que c'est vrai quand j'écris que j'avais cessé de penser à Claes Wilder. Plus tard, quand j'ai repensé à cette nuit, j'étais certain qu'elle n'avait pas pensé à lui non plus. L'une des choses les plus heureuses dans le bonheur est sa myopie restrictive. Dans mon fantasme le plus jaloux, je n'aurais jamais pu imaginer qu'elle avait rendu Claes Wilder à moitié aussi heureux que moi, et elle m'a donné des raisons de croire qu'aucun homme n'avait jamais été aussi ingénieux, patient et persévérant que je ne l'ai été cette nuit-là. Vers minuit, nous sommes allés au restaurant chinois de Finsensvej pour acheter du poulet grillé. Nous étions assis côte à côte, à son petit bureau, bien que nous ayons l'appartement pour nous seuls. Le physicien nucléaire était parti à une conférence en Suisse. J'ai admiré la façon dont elle mangeait tout de sa portion, ne laissant que les os gris. Elle m'a écouté avec intérêt lui parler de Hans-Georg, comme si l'histoire n'avait rien à voir avec moi. J'ai été surpris qu'elle sache tout de l'assassinat des touristes israéliens à Larnaka et de l'attaque israélienne en représailles contre le camp de l'OLP en Tunisie le mois suivant. Je n'avais pas réalisé qu'elle suivait ce qui se passait dans le monde. J'avais cru que cela ne l'intéressait pas. Soudain, elle m'a regardé d'un drôle d'air et s'est levée brusquement. Un instant plus tard, elle est revenue avec un dossier qu'elle a ouvert fièrement. Dans une des poches, il y avait une série de chèques de voyage, dans l'autre deux billets de train. « Nous partons dimanche, tu es prêt ? » Elle s'est moquée de moi. J'avais oublié nos projets. Là, ils ressurgissaient avec leurs noms : Valence, Séville, Casablanca, Marrakech.

Il a dû se passer des jours dont je n'ai plus le souvenir. Les jours heureux sont vite oubliés, c'est étrange. Si c'était si bien, pourquoi est-ce que je ne m'en souviens pas mieux ? Ce dont je me souviens ensuite, c'est du jardin de l'Institut agronomique, dans le brouillard. J'en déduis que ce devait être le jeudi ou le vendredi précédant le dimanche de notre départ en voyage. Le gravier du chemin s'éclaircissait devant nous et ne faisait plus qu'un avec les nuages gris qui pendaient comme des touffes entre les cimes dénudées des arbres. Un peu plus de deux mois auparavant, nous avions marché ici par une belle journée d'octobre, lorsque les feuilles fanées s'accrochaient encore et qu'il y avait encore un reste de vie et de chair dans la lumière. Les bancs humides n'invitaient guère à s'asseoir. Nous avions le jardin pour nous seuls. Anna a dit qu'elle avait rêvé de sa mère, mais elle n'a pas voulu interpréter ce rêve, du reste, pourquoi l'aurait-elle fait ? Elle avait rêvé de vacances qu'ils avaient passées dans un chalet prêté à ses parents. Elle ne savait même pas où il se trouvait et ils n'y étaient jamais retournés. Une simple maison de vacances avec des planches goudronnées, quelques buissons d'églantiers et un sentier menant à la mer. Dans le rêve, la mère d'Anna était assise sur le bord de son lit et lui disait quelque chose, mais il n'y avait aucun son. Elle ne pouvait pas dire si c'était le soir ou le matin, et quand le son lui est enfin parvenu, elle s'est réveillée, incapable de se souvenir du moindre mot, même si cela faisait juste quelques secondes que la voix familière avait retenti entre les cloisons de la chambre. Nous avons marché un peu avant qu'elle n'ajoute qu'elle était contente que je n'aie rien dit. Je n'osais plus ouvrir la bouche. J'ai pensé qu'elle prenait ma stupidité pour du tact ou de l'empathie. Nous sommes passés devant l'étang et elle a dit qu'elle se sentait comme un naufragé sur un nénuphar. J'ai dit que cela ressemblait à un conte de fées. « Non, a-t-elle répondu, car dans les contes de fées, chacun connaît son rôle. Même le loup sait qu'il suit le concept et la fonction tant qu'il est méchant et dangereux. Le problème, c'est que je n'ai pas de rôle. » J'ai demandé s'il fallait en avoir un. Ne pouvait-on pas simplement se contenter d'exister ? Elle m'a dévisagé. « Comme les lys des champs et les oiseaux du ciel ? » À ce moment-là, je n'avais aucune idée de ce à quoi elle faisait allusion. Je me suis arrêté et j'ai écarté les cheveux de son front. « Merci de ne pas m'avoir obligée à choisir », a-t-elle dit. « Comment ça ? » ai-je demandé. « Entre toi et lui, a-t-elle dit doucement. Tu ne sais pas à quel point j'ai été soulagée quand Claes m'a dit que tu étais allé le voir. » Pendant un instant, j'ai eu l'impression que le cèdre voulait m'attraper avec ses branches et ses aiguilles tendues et m'entraîner dans ses ténèbres. Je ne savais pas quoi dire. C'est moi qui ai été infidèle, ai-je pensé alors qu'elle se serrait contre moi. Elle ne m'avait jamais rien promis, il l'avait baisée et, moi, je la laissais croire que j'étais d'accord. J'avais la bouche sèche quand nous avons continué la promenade. Valence, ai-je pensé. C'est avec moi qu'elle avait choisi de voyager, elle ne pouvait pas être plus inconstante. Valence. J'ai chéri ce nom comme un talisman. Une ville que je n'avais jamais visitée.

J'aurais préféré rester à la maison ce soir-là. Je n'ai jamais cru au destin, mais dans mon souvenir, c'est comme si nous suivions un chemin tracé d'avance. Claes était déjà au bar lorsque nous sommes entrés dans le Dan Turèll. Il était entouré de sa clique habituelle. Son crâne luisait de sueur et il semblait plus pâle que d'habitude, mais c'était peut-être à cause de la lumière. Il a serré Anna dans ses bras et m'a fait la bise à moi aussi, comme si nous étions de vieux amis. Je me suis demandé s'il m'avait vraiment flanqué dehors la dernière fois que je l'avais vu, prétextant une interview, ou si c'était moi qui avais exagéré sa réaction. Le bruit des voix et de la musique dans le local exigu était tellement assourdissant que je ne pouvais pas entendre ce que les gens disaient. Anna et moi nous sommes glissés dans le groupe qui oscillait autour de Claes et se coupait sans cesse la parole. Il avait posé un bras sur elle et racontait une histoire qui faisait rire tout le monde avant même qu'il n'en vienne à la chute. J'ai dû lutter pour garder ma place à côté d'elle dans la masse mouvante des corps et des visages. J'ai été blessé par le fait qu'elle ne semblait pas du tout manifester que nous étions ensemble. Au contraire, elle laissait le bras de Claes pendre paresseusement et avec prétention autour de ses épaules, comme si c'était son bon droit. En même temps, j'ai pris conscience de ma jalousie, conscience de la honte et du danger qu'elle représentait pour moi. Je nous observais de l'extérieur, je voyais sa légèreté libre de préjugés, tandis que je me tenais à côté d'elle comme un petit propriétaire de l'amour, qui cherchait à se racheter. Lorsqu'elle s'est soudain retournée et m'a embrassé sur la joue, je me suis senti comme un enfant à qui l'on a permis de sortir avec les adultes.

L'atelier de Claes n'était qu'à quelques minutes à pied. Je vois un enchevêtrement de silhouettes dans la pièce sombre où elle a allumé des bougies, elle est ici chez elle. Des silhouettes sombres qui se tiennent debout et dansent avec leurs manteaux. Soudain, les silhouettes qui dansent ont disparu. Le film a dû être cassé et recollé sans les minutes manquantes, où le groupe d'invités fortuit a pris congé pour continuer dans la nuit. Il ne reste plus qu'Anna et Claes sur le sol en ciment peint, serrés l'un contre l'autre, se balançant d'avant en arrière dans une étreinte d'ivrognes. Je m'assieds sur une chaise à une certaine distance d'eux. La même chaise sur laquelle je m'étais assis lorsque, sous prétexte de l'interviewer, j'avais débité à un Claes Wilder stupéfait une leçon sur John Cage et Jasper Johns. Anna se tourne vers moi, avec toujours un bras autour du cou épais de Claes. De l'autre main, elle me fait signe de venir les rejoindre. Elle veut que nous dansions ensemble, tous les trois.

Je dois les entourer tous les deux de mes bras et me laisser porter par le rythme, la rassurer sur le fait qu'elle n'a pas à choisir entre l'un et l'autre, qu'elle est libre. Je reste assis. Elle appuie sa tête sur l'épaule de Claes, son visage disparaît dans ses cheveux défaits, ses mains à lui glissent sur ses fesses. Elles sont plus larges que les miennes, des mains de boucher charnues et rugueuses, et elle semble aimer la façon dont son petit cul ferme s'adapte à sa poigne de boucher. Je reste assis comme un gardien de musée, observant leur étreinte jusqu'à ce que je m'arrache enfin de ma paralysie, conscient que mes ultimes résidus de dignité collent à la chaise où je suis assis depuis bien trop longtemps. Ni l'un ni l'autre ne me voient sortir par la grosse porte de l'atelier qui donne sur la cour. Je m'arrête sur le seuil de l'immeuble. Je pousse une porte vitrée qui mène au hall d'entrée du bâtiment principal. Sur les paliers entre chaque étage, une fenêtre basse donne sur la cour. D'une marche entre le deuxième et le troisième étage, je vois l'entrée de l'atelier de Claes. Je distingue à peine la lumière vacillante d'une bougie à réchaud à travers l'une des vitres de la porte de l'atelier.

Je suis resté assis dans l'escalier pendant des heures.

C'était inutile, c'était dégradant, et je suis resté là. Lorsque la porte de l'immeuble s'est ouverte tôt le matin, je me suis levé brusquement, étourdi, les jambes raides. Le livreur de journaux qui m'a croisé en montant m'a dit bonjour, comme si j'étais un résident qui partait de bonne heure. J'ai attendu à la porte qu'il redescende, puis j'ai regagné ma place. Les premières lueurs du jour étaient apparues sur les briques de l'arrière-cour quand Anna est enfin sortie. D'en haut, je ne pouvais pas voir son visage. Elle a traversé la cour à pas rapides. J'ai descendu l'escalier quatre à quatre, mais j'ai entendu la porte claquer derrière elle. Quand je suis arrivé dans la rue, elle avait disparu. J'ai regardé dans les deux directions. Je ne comprenais pas comment elle avait pu parvenir si vite au coin de Gothersgade. Elle avait dû courir ou héler un taxi qui passait par là. J'ai marché jusqu'à Svanemøllen. J'avais dépassé les Lacs quand je me suis demandé ce que je lui aurais dit si j'avais réussi à descendre l'escalier avant qu'elle ne disparaisse dans Store Kongensgade. Je n'en avais aucune idée. Que pouvait-il y avoir à dire ? Cela n'aurait fait qu'empirer les choses si elle avait découvert que j'étais resté assis dans l'escalier de l'immeuble, à observer l'entrée de l'atelier de Claes Wilder.

Je suis resté à côté du téléphone silencieux. Je ne sais pas pourquoi je ne l'ai pas simplement appelée ni pourquoi je ne suis pas allé à Howitzvej. Elle m'aurait peut-être serré dans ses bras, soulagée par ma magnanimité. Dans les années qui ont suivi, je me suis dit que c'était ma faute si les choses s'étaient passées ainsi. Ce n'est que le lendemain, le dimanche, que je suis allé chez elle. Le père d'Anna était à la maison. Il m'a dit qu'elle avait pris le train pour

Hambourg ce matin-là. De là, elle avait l'intention de continuer vers l'Espagne. J'ai cru lire dans ses yeux qu'il était surpris de me voir. Anna lui avait sans doute dit que nous voyagions ensemble. Il m'a demandé si je voulais récupérer mes affaires. J'ai pensé aux livres et aux quelques effets personnels que j'avais laissés dans sa chambre. Je lui ai dit que cela n'avait pas d'importance. Le lundi, sur un coup de tête, je suis allé acheter un journal au kiosque de la gare de Svanemøllen. Une fois encore, j'ai eu l'impression qu'une main invisible m'avait guidé. Ce n'était pas tous les jours que je dépensais de l'argent pour un journal, surtout pas les grands journaux du matin, que je méprisais pour leur bourgeoisie centriste. Peut-être ai-je acheté le journal pour tenter de me distraire de mon apitoiement sur moi-même. Sur l'une des premières pages du cahier consacré aux nouvelles nationales, je suis tombé sur un entrefilet. L'artiste Claes Wilder était décédé subitement. Il n'y avait aucune mention de la cause du décès. On résumait brièvement sa carrière, courte mais significative, et un critique commentait la grande perte pour l'art contemporain danois.

Quelques semaines plus tard, alors que j'étais au Dan Turèll, j'ai surpris une conversation entre deux femmes que j'avais vues dans la foule de ses admirateurs. L'une d'elles avait appris que Claes était mort d'une crise cardiaque. Elles n'ont pas mentionné Anna. Ma vie a continué comme avant. J'ai fait des études de philosophie et j'ai écrit des poèmes jusqu'à finir par en avoir assez de les voir refusés par les éditeurs. J'ai écrit l'un d'entre eux alors qu'Anna devait être dans le bus entre Hambourg et Valence :

Tu t'es sentie à l'étroit dans la maison,
où nous nous rendions visite,
si grande aujourd'hui,
que je n'ai pas de portes
pour t'accueillir
et pas de cloches
pour conserver mon chagrin
par terre.

À partir de ce soir, je dormirai sur la terrasse,
reconnais-moi par le petit feu,
je l'entretiendrai
avec des moulures de fenêtres cassées
et des lettres inachevées.

II

Elle ne s'appelle pas Anna Secher. On comprendra pourquoi je lui ai donné un nom différent. Ce n'est pas vraiment par égard pour Anna, mais plutôt un choix qu'elle fait elle-même. Si on lui posait la question, elle dirait qu'il ne s'agit pas d'être noble, mais d'être libre. Je ne sais pas comment parler d'elle sans en dévoiler trop et que l'on risque de deviner qui est son mari. Son futur ex-mari, devrais-je ajouter. Il y a toujours la possibilité d'en rester là et d'appuyer sur la touche « supprimer ». L'histoire se poursuit trente-sept ans plus tard. Je vivais à nouveau à Østerbro, cette fois dans une rue de traverse près de Trianglen. J'étais de retour dans le quartier de ma jeunesse après des années passées dans ma propre maison avec un jardin. Mon nouveau logement était plus confortable que le premier, où j'avais emménagé lorsque j'avais quitté la banlieue en pensant que la vie et la ville étaient synonymes. J'avais maintenant quatre pièces et demie, dont la moitié était réservée à ma fille. Elle en profitait rarement pour passer la nuit chez moi. Je ne la vois pas assez, mais je ne me plains pas qu'elle soit plus proche de sa mère. Parfois, je soupçonne que c'est un inconvénient que je ne me plaigne pas. Ma fille est mûre, intelligente, empathique, extrêmement douée, et elle s'épanouit, maîtrise sa vie, sait comment établir des liens avec les autres. Elle a terminé ses études dans les temps et entame une carrière prometteuse. Il y aurait donc de quoi être fier si ce qui caractérise ma relation avec elle n'était pas cette impression qu'elle ne me doit rien. Les années que nous avons passées ensemble ont été consacrées à mieux la connaître.

J'ai divorcé peu de temps après que le diagnostic a été posé. C'est ma femme qui a souhaité mettre fin à notre mariage. Elle était honnête, et je la respecte pour cela. Elle ne se voyait pas aux côtés d'un homme qui s'étiolait lentement. Elle ne se voyait pas dans le rôle d'une infirmière. Je ne lui en veux pas, et je ne lui en voulais pas non plus à l'époque. Même si j'avais été un meilleur conjoint, plus empathique, plus pétillant, plus joyeux, même si je ne l'avais pas usée ainsi pendant des années, sans m'en rendre compte, je n'aurais eu aucune raison de lui en vouloir. On a ce que l'on mérite, telle a été la ligne de conduite de ma vie d'adulte. Il faut savoir dire merci plutôt que d'exiger davantage ou de se sentir lésé par ce que l'on a reçu. Nous avons expliqué nos problèmes relationnels à notre fille, et ils étaient nombreux. Elle était également plus préoccupée par sa propre vie que par ce que ses parents faisaient d'eux-mêmes. Je lui ai dit que c'était tout autant moi qui voulais divorcer. Je ne dis pas cela pour me vanter, au contraire, je vais me tortiller de honte quand elle apprendra un jour que je suis malade et qu'elle pensera que c'est moi qui ai demandé le divorce pour épargner sa mère. J'ai exigé une chose : qu'elle n'apprenne pas mon état. Mon ex a été loyale sur ce point. J'ai déjà l'air amer, n'en rajoutons pas plus. D'ailleurs, je ne vois pas de moment où elle n'a pas été franche. Une fois qu'elle a tiré le signal d'alarme et qu'elle a joué cartes sur table, et toutes les métaphores que nous pouvons trouver, j'ai pu obtenir ce que je voulais. Jusqu'à présent, notre fille n'a rien remarqué. Je suis assez bien traité, la maladie est plus ou moins sous contrôle et les effets secondaires sont gérables. La vie quotidienne est presque normale, presque sans complications, mais j'ai arrêté de travailler. La raison que j'ai donnée à notre fille était que je voulais écrire à nouveau. Mon Dieu, après toutes ces années.

Dernier dimanche de septembre. Comme je me lève tôt pour prendre mes médicaments, j'ai vu les jours s'accorder plus de temps pour commencer. C'était déjà une bonne idée d'allumer une lampe en me levant, à moins d'avoir envie de me cogner les orteils contre un meuble à cause de mon manque habituel de coordination avec mon environnement. J'appréciais encore le fait que chaque jour avait un air de dimanche, maintenant que je ne devais plus aller au bureau. J'ai probablement passé la matinée à lire des journaux en ligne, peut-être un livre, et à prendre un bain. D'habitude, je fais en sorte d'avoir une course qui me force, ou du moins qui m'oblige un peu à me rendre en ville à vélo. Mon ex a récupéré la voiture et celle-ci ne me manque pas. Lorsqu'il pleut, je prends le métro, soudain conscient de la façon dont les jeunes passagers me considèrent, moi, un homme âgé, maigre et usé, raisonnablement bien habillé, mais manifestement sur le retour. C'est surtout dans le métro que l'on se sent observé, car nous sommes tous contraints de nous intéresser à nos semblables, avec discrétion et distraction. Je suis soulagé qu'ils ne me voient pas trembler. Si j'oublie de prendre ma pilule, je mets ma veste sur mes bras et tout semble presque pareil. Mais quelque chose dans l'air ou la lumière, la fraîcheur ou la clarté naissantes, je ne sais pas, quelque chose m'a poussé à me rendre à Fælledparken en début d'après-midi. Un besoin d'espaces ouverts, de permettre à mon regard de se poser plus loin. Normalement, je n'aime pas Fælledparken, ses pelouses trop grandes et vides, entourées de feuillages sombres, sans autre vue que le Rigshospitalet, le temple maçonnique et la tribune du stade. Des formations nuageuses légères passaient devant le soleil, faisant tour à tour brûler et pâlir les pelouses rases dans des concentrations variables de chlorophylle. Quelques grands garçons jouaient au football à l'extrémité de la friche verte. De loin, on ne pouvait pas savoir s'il y avait des filets dans les cadres blancs des buts. Tout autour, des couples défiaient la date de péremption de l'été, derrière les arbres, un hélicoptère se posait sur le toit plat de l'hôpital. J'ai suivi le fuselage sous les pales invisibles du rotor pendant qu'il descendait. Je pensais à l'équipe médicale vêtue de blanc qui se tenait prête à intervenir dans une salle d'opération, quelque part dans le corps massif du bâtiment, lorsqu'une voix de femme m'a appelé par mon nom.

Des yeux gris-vert, des paupières légèrement tombantes. Des mèches blanches dans ses cheveux blond-roux. J'ai reconnu sa posture légèrement avachie. Elle était vêtue d'une tenue de jogging à rayures orange. Elle a retiré ses écouteurs, gênée. Était-elle aussi un peu nerveuse ? Son téléphone était fixé à l'aide d'une bande velcro sur l'un de ses bras. J'ai dit bonjour, ça avait l'air stupide, mais je ne savais pas quoi dire d'autre. Mais, pour commencer, ce n'était pas si stupide que ça. Elle a souri comme s'il s'agissait juste d'une de ces coïncidences miraculeuses de la vie.

Comme s'il n'y avait pas entre nous une lourde valise oubliée de questions sans réponse, déposée quelque part dans une consigne dont on a perdu le code depuis des années. Elle m'a demandé si j'habitais dans les environs. Je lui ai dit que oui. Elle aussi, sauf qu'elle avait vécu à l'étranger pendant de nombreuses années. Je lui ai dit que, moi aussi, je venais de m'installer dans le coin. Mais nous nous serions croisés tôt ou tard. Elle m'a pris le bras et l'a frotté doucement d'un geste hésitant et amical. Comment allais-je ? Je lui ai dit que j'avais 62 ans. Elle a souri à ma réponse, elle était heureuse de me voir. Moi aussi. Nous avons suivi le chemin entre les pelouses. Je lui ai demandé où elle avait vécu. Bruxelles. Elle avait travaillé pour la Commission, cela avait l'air d'un poste important. Maintenant, elle était rentrée au Danemark pour y rester. Elle a plissé les yeux et regardé les petits joueurs de football au loin. J'ai admiré la simplicité avec laquelle elle m'a demandé si j'étais marié. En même temps, je me suis demandé ce qu'il y avait d'étrange ou de particulièrement pesant, après toutes ces années, à poser cette question. J'ai répondu. Et elle-même ? Elle a baissé les yeux sur ses chaussures de course, puis a croisé mon regard. Je suppose que oui, elle a souri à nouveau, c'était une longue histoire. OK, ai-je dit. Elle a acquiescé, nous avons marché un peu sans rien dire. Elle m'a dit qu'elle était désolée que nous n'ayons jamais pu parler. J'avais probablement été en colère contre elle. Je n'ai pas répondu. Bien sûr, elle ignorait que j'étais assis dans l'escalier de l'immeuble et que je l'avais vue traverser en vitesse la cour de l'atelier de Claes Wilders le matin où tout s'est terminé. Un coup de sifflet strident a retenti sur le terrain de football. Je sentais qu'elle me regardait. Non, pas en colère, ai-je dit. Non ? Je l'ai regardée. Non, pas vraiment. Ce n'est qu'après avoir répondu que j'y ai réfléchi, mais heureusement, cela semblait vrai. Elle avait un rendez-vous bientôt, mais peut-être pourrions-nous nous revoir ?

Elle a détaché le téléphone du support sur son bras, m'a demandé mon numéro et l'a enregistré. J'ai soudain songé au Long John, avec la table rustique dans la lumière jaune des vitres teintées donnant sur Købmagergade. Le sous-bock sur lequel j'avais écrit mon numéro et que je lui avais tendu, un jour, à l'extrémité de la perspective des années que ces retrouvailles avaient soudain rouverte. Cette fois-ci, j'étais davantage certain qu'elle ne jetterait pas mon numéro, mais pourquoi ? Comment serait-elle passée à autre chose, maintenant que nous nous étions croisés, si ce n'est en me proposant de nous rencontrer un autre jour ? Elle m'a dit qu'elle m'appellerait et a continué son chemin, une joggeuse fine et solitaire parmi les autres silhouettes sur le chemin traversant le parc de Fælleden, bientôt hors de vue. Cela aurait pu être déjà une source de fantasmes, sauf que je me suis rendu compte que, pendant bien des années, je n'avais pas imaginé la revoir un jour.

Il avait été trop normal, presque banal, de marcher à côté d'Anna et de lui parler. J'étais peut-être plus déçu par moi-même que de revoir sa silhouette actuelle de sportive à l'entraînement. Déçu qu'elle ne me fasse pas plus d'effet, que cela ne m'ait pas causé ce choc dans le ventre auquel j'aurais pu m'attendre après toute la douleur, peut-être ridicule, mais non moins réelle, qu'elle m'avait causée. Jusqu'au jour où, à ma grande déception, j'ai fait le constat de ce que chacun d'entre nous découvre tôt ou tard. Même la blessure qui saigne le plus finit par cicatriser, laissant une tache blanche, un espace vide, rien de plus. Un vide qui ne peut être comblé, mais que l'on ressent ensuite tout au plus comme une hésitation au milieu d'une phrase, un trou d'air au milieu de l'envolée des attentes heureuses. On est le seul à remarquer l'espace lisse où la pensée s'échappe pendant une fraction de seconde, le seul à sentir la cavité là où l'on croit que l'on aurait dû avoir plus de substance. Ce n'était qu'un amour de jeunesse, une impasse, il y a longtemps. Elle n'avait été que l'objet innocent de mon désir immature, et si elle n'avait pas disparu, elle aurait elle-même réalisé un jour à quel point elle avait été aimée de manière déficiente et butée par le jeune imbécile que j'avais été. Si elle ne s'était pas enfuie ce matin-là, elle aurait pris ses cliques et ses claques un autre jour. Ce n'était pas elle qui me décevait, c'était moi-même, mais déception était-il le mot idoine ? Je n'étais pas déçu par l'illusion, je m'étais remis de cette déception de nombreuses années auparavant. J'étais déçu que cela ne signifie pas ce que j'aurais espéré, quand j'avais une vingtaine d'années, de la revoir ainsi après tant de temps. C'est le jeune homme de vingt-cinq ans en moi qui s'est senti trahi par le sexagénaire.

Si l'on a soixante ans aujourd'hui, on peut s'attendre à ce que l'on dise que les années quatre-vingt étaient une époque formidable, simplement parce que l'on était jeune à l'époque. Je n'ai jamais ressenti cela. Il y a dix ans, mon ex-femme et moi avons visité un musée de province et, lorsque nous sommes entrés dans l'une des salles consacrées à l'art contemporain, j'ai reconnu les tableaux de Claes Wilder représentant la Vierge Marie dans son auréole, métamorphosée en chatte dans le tableau suivant. Hail Mary. Hell, Mary. Je savais que la série comptait d'autres tableaux, mais le musée n'avait probablement jugé utile d'en acquérir que deux pour documenter la métamorphose de la Vierge en… Eh bien, en quoi ? Il y avait déjà quelque chose de triste dans cette vulve dégoulinante de couleurs, dans la mise en scène diabolisée du sexe face à une piété que plus personne sous nos latitudes n'avait éprouvée depuis une centaine d'années. L'exercice n'avait-il pas déjà eu quelque chose de trop construit à l'époque ? Comme une reprise, un ajout kitsch à l'arsenal des effets éprouvés, le sacré contre la lubricité, ah oui. Je me suis souvenu de ma conférence improvisée sur John Cage et le silence comme rébellion contre la tyrannie de la volonté créatrice. Pendant quelques secondes, j'avais fait vaciller Claes, mais cela avait été l'agitation exagérée d'un homme contre celle d'un autre. Pendant quelques années, ses prix avaient grimpé dans les salles de vente, puis ils avaient commencé à baisser, et maintenant plus personne ne parlait de lui. En revoyant ses tableaux, j'ai repensé que c'était peut-être la chatte d'Anna qu'il avait peinte ou qu'il s'imaginait peindre. Cela n'avait pas d'importance, cela n'avait jamais eu d'importance, une chatte était une chatte. Je n'ai pas dit à mon ex-femme que j'avais vu les tableaux dans l'atelier de l'artiste, et je n'ai même pas eu l'impression de cacher quoi que ce soit. Le mystère de la disparition d'Anna n'était plus un mystère, juste un événement inexpliqué. J'avais cessé de me demander si Claes était mort lorsqu'elle avait quitté précipitamment son atelier au petit matin, s'il avait même expiré entre ses jambes. De toute évidence, elle devait être en état de choc. Cela expliquerait pourquoi je n'avais plus jamais entendu parler d'elle, à moins qu'il n'ait dormi comme un loir quand elle était partie, et qu'elle n'ait simplement décidé de s'extraire de l'étau dans lequel elle s'était placée entre un amant possessif et un autre. Je n'avais jamais parlé en détail d'Anna à ma femme. Au fil des années, l'intervalle était devenu plus court, cette transition de l'automne à l'hiver que nous avions passée ensemble. À peine une histoire, juste une de ces esquisses inachevées que l'on laisse derrière soi avant que la vie ne prenne sa forme définitive, tant qu'elle dure. Avant tout ce qui a suivi, tout ce qui a eu du sens, ce pour quoi nous nous sommes battus, les enfants et la maison, les souvenirs et les rêves d'avenir, les réaménagements et les déceptions. Toute la joie, la plénitude, la solidarité et les torts que comporte la vie de famille, ainsi que les trous dans l'ennui menaçant, tout cela a fait pâlir les quelques mois que j'ai passés avec Anna.

J'avais fait les courses la veille, et quand je suis rentré de ma promenade à Fælledparken, je me suis mis à préparer les légumes. J'avais invité mon ami Alex à dîner parce que sa femme suivait un cours. Non, pas parce que, sinon on va penser qu'Alex était désemparé sans sa femme et qu'il allait mourir de faim si je n'intervenais pas. C'est l'inverse, car c'est Alex qui est doué pour préparer à manger. Moi, je dois avoir le nez dans un livre de cuisine et je suis la recette à la lettre. J'ai besoin de temps, et l'on parle de plusieurs heures, pour réussir un plat. C'était l'un des griefs de mon ex-femme, mon manque d'exubérance, comme elle disait. Je ne portais pas un grand tablier rayé, je ne coupais pas un *parmigiano* certifié AOP en tranches fines et je ne lui servais pas un verre de bolgheri pour que nous puissions discuter gentiment pendant que j'écaillais le turbot que nous allions manger, et tout en préparant en même temps le *vitello tonnato*, pour plus tard. Je n'ai pas les bons ingrédients dans des mains larges et creuses, mes mains sont fines et je me coupe sur tout, il ne faut pas me laisser seul avec un ragoût ou un œuf au plat, sinon ils seront brûlés. Quand je suis sorti de ma jeunesse et de la marmite noire de mélancolie où Anna m'avait laissé, mijotant dans l'auto-apitoiement, c'était sans les compétences de base qui font un vrai homme. Je ne savais pas conduire une voiture, je ne savais pas cuisiner, je ne savais pas comprendre un bilan annuel et je ne savais pas visser quoi que ce soit sans casser la tête de la vis. J'étais même assez prétentieux pour considérer mon intellect peu pratique à la fois comme une excuse et comme un contrepoids. Cela s'est avéré la plus grande erreur, car bien que, au début de notre vie commune, mon ex-femme ait été charmée par ma bizarrerie de lecteur, la vie matérielle l'a emporté sur la vie intellectuelle, et puis n'avais-je pas tout simplement négligé d'être testé pour autisme ? Je sais, ma présentation ressemble à une défense masquée, voire à une accusation implicite à l'encontre de mon ex-femme, la présentant comme une machine à gouverner mesquine, médiocre et manieuse de rouleau à pâtisserie, et ce n'est pas juste. Elle aurait dit que c'est encore le lot de nombreuses femmes d'être responsables de toutes les choses ennuyeuses parce que le désir d'égalité de l'homme n'est pas à la hauteur de ses compétences domestiques. Je suis d'accord avec elle. Je crois que je mentionne cela parce que, ironiquement, j'ai développé mes compétences pratiques depuis que je suis seul et que je peux me permettre de passer tout l'après-midi à préparer un repas.

Je me réjouissais de la visite d'Alex. Son amitié s'était révélée être une aubaine inattendue alors que tout le reste de ma vie partait à vau-l'eau. Sa femme était amie avec mon ex-femme, et c'est ainsi que nous nous étions connus, comme deux couples qui se voyaient de temps en temps pour dîner. Nous passions de bons moments, mais rien de plus, et je ne me souvenais pas que nous ayons discuté d'autre chose que de ce dont on parle normalement lors d'un dîner avec un autre couple, des vacances, de la politique, d'un nouveau film, de l'addiction des jeunes aux réseaux sociaux. Il m'avait surpris parce que, contrairement à presque toutes nos autres connaissances, il était resté mon ami après le divorce, même en dépit de sa femme. Nous déjeunions ensemble et il venait chez moi quand cela ne risquait pas d'interférer avec sa loyauté conjugale. Alex était médecin, et je me suis maudit la première fois qu'il m'a rendu visite dans mon nouveau logement, parce que je n'avais pas pensé à ranger le flacon de médicaments qui se trouvait sur la tablette sous le miroir de la salle de bains. Il me l'avait tendu quand il était sorti, comme s'il m'avait pris en flagrant délit. Je pouvais bien lui dire la vérité, telle qu'elle était. Et il m'a demandé si c'était la raison pour laquelle Eva et moi avions divorcé. Je l'appelle Eva ici, pourquoi pas ? Ce n'était pas la première femme, mais c'est la première et la seule avec laquelle j'ai vécu dans le sens plus large où l'on a aussi un horizon et un avenir en commun, où l'on espère et où l'on craint les mêmes choses. Quand j'appelle mon ami par son nom, je dois faire de même avec mon ex-femme, par acquit de conscience. J'ai répondu qu'Eva et moi aurions probablement divorcé même si je n'étais pas tombé malade. J'ai essayé de faire croire qu'il s'agissait d'une décision mutuelle, mais Alex a vu clair dans mon jeu. Je lui ai fait promettre que cela resterait entre nous. Je sais que cela allait mettre son propre mariage à l'épreuve si, en raison de son serment, il ne pouvait pas corriger la vision de sa femme sur la raison pour laquelle Eva et moi nous étions séparés. J'ai été surpris par la véhémence de sa condamnation. Je n'avais pas réalisé qu'il était capable d'une telle indignation. Il est resté totalement insensible à mes tentatives de défense. J'ai essayé de lui expliquer combien il était stressant pour Eva de vivre avec moi, combien je pouvais être introverti, sans initiative et inattentif, dépassé pour tout ce qui était pratique, de sorte qu'elle avait souvent l'impression d'être laissée seule avec la responsabilité de la famille, de ce que nous avions en commun. Je lui ai expliqué que j'avais même eu une fâcheuse tendance à répliquer d'une manière polémique, qui semblait carrément perfide à Eva si je me sentais sous pression ou critiqué. Aucun conjoint ne peut être Jésus ou Marie lorsqu'une maladie incurable frappe à la porte, ai-je poursuivi, et certainement pas si, comme moi, on a déjà épuisé tout son crédit de patience, de tolérance et d'indulgence dont on disposait. J'étais à découvert sur tous les plans et c'était trop demander qu'Eva, en plus de vivre avec mes insuffisances et ma nature désorganisée, doive aussi supporter mon corps de plus en plus affaibli et même vivre avec la perspective que tout n'irait que de mal en pis.

Il s'est contenté de me regarder lorsque j'ai fini par me taire. « Je suis un misérable, ai-je dit en posant ma main sur la table qui nous séparait. Un misérable avec une épargne-retraite et des chaussures anglaises, ai-je ajouté. Mais malgré mon apparence soignée, ma situation n'est pas très solide, ni bien séduisante, d'ailleurs. » Il a secoué la tête. « Tu as tout retourné contre sur toi-même, tu t'en veux », a-t-il dit à voix basse. « Tu es devenu psychologue toi aussi ? » ai-je dit en versant du vin rouge dans son verre. « Ce n'est pas une question de psychologie, c'est une question de décence, a-t-il dit en goûtant le vin. C'est une question de putain de destin », a-t-il poursuivi. « C'est la première fois que j'entends un scientifique parler de destin », ai-je répondu. « Parfois, on ne choisit pas, a-t-il dit. Parfois, on te confie une mission et tu n'as pas de pot. » Nous sommes restés là à regarder le vin pendant un moment. J'ai essayé de m'expliquer, lentement, en tournant en rond. Il m'a regardé patiemment, mais sans chaleur particulière, pendant que je parlais. C'est son temps, ai-je pensé, c'est le temps qu'il me consacre qui prouve qu'il est vraiment mon ami. J'étais au bord des larmes, mais heureusement il ne l'a pas remarqué.

Ce n'est pas sans honte que je me suis rendu compte qu'il avait mis dans le mille avec son baratin de psychologue. Je ne pouvais pas en vouloir à Eva, je le savais, mais je sortais de vingt-six ans de vie commune avec l'estime de soi d'un mendiant à la rue. Si Eva avait pu entendre ce que je pensais, elle m'aurait dit qu'elle ressentait la même chose. Elle aurait commencé à parler de ma domination, de la façon dont je l'avais agacée avec ma difficulté à comprendre les situations, mon incapacité à socialiser, ma tendance constante à l'interrompre, à lui ôter les mots de la bouche, à monopoliser la conversation. Elle avait raison sur toute la ligne, mais pour un tyran domestique, j'avais étonnamment des pieds d'argile, intérieurement parlant. J'étais peut-être devenu doué pour garder la tête froide quand elle s'emportait contre moi, mais je tenais compte de tout ce qu'elle disait. On ne vit pas seulement sous le même toit, on a également décidé un matin, au début de la vie commune, que deux consciences doivent fonctionner comme des vases communicants. Elles ne le seront jamais, elles ne pourront jamais l'être, alors au lieu de cela, on essaie du mieux possible de se voir à travers les yeux de l'autre. Avec le temps, l'idée de son regard, oui, l'idée même de son regard, devient comme l'une de ces petites caméras de surveillance noires en forme de dôme qui pendent du plafond dans les espaces publics, preuve discrète que le contrôle de soi est le ciment dont est faite la cohésion, à la fois dans la société et dans les relations. Oui, la famille s'apparente à un lieu public. J'ai mis tellement de temps à m'en rendre compte. Se détendre, au sein de la famille, cela n'existe pas. Il ne s'agit pas seulement de ce que l'on fait ou pas. Dans un mélange tendre de dévotion, de récompense, d'harmonie et de sentiment de puissance infinie, la conscience de soi ne fait plus qu'un avec l'idée du regard de l'autre. Tant que le regard est aimant, on ne grandit que par lui, ou si l'on pense que l'on grandit, cela revient au même. Ce n'est que lorsque la félicité est progressivement acidifiée par les sédiments que, au fil du temps, l'on ne peut plus refouler, toute cette boue sécrétée par les émotions de la personnalité innée, par l'inertie honteuse et asphyxiée de la personnalité, par la redondance insupportable des inclinations, ce n'est qu'alors que le regard de l'autre devient une malédiction à laquelle on ne peut se soustraire. Le mauvais œil de la déception. On l'a déçue, on n'était pas ce qu'elle croyait voir en nous, mais il est trop tard pour cacher la vérité gênante qu'elle a réussi à faire entrer, et qui prend désormais la forme de la conscience coupable de ses espoirs déçus. Tant de volonté. D'abord, elle est déçue, ensuite, on est puni, et quel que soit le pétard que l'on fasse à l'extérieur pour se défendre, à l'intérieur on est son homme de main consentant. À l'intérieur, au fond de soi, on est d'accord avec elle, et la mauvaise conscience est un tortionnaire inventif, mais ce n'est pas ce que j'essayais d'expliquer à Alex. Il avait vu tout cela lui-même avec son regard médical, qui n'évaluait pas la qualité ou les manques de ma personne, mais seulement si elle était en bonne santé ou malade. Je lui ai dit que ce qui concernait la misérable personne que j'étais aux yeux d'Eva, tout cela n'avait pas vraiment d'importance. Il le savait lui-même, ai-je dit, lorsqu'il insistait tellement qu'il était du devoir d'Eva de rester à mes côtés, parce qu'on ne se débarrasse pas de son conjoint lorsqu'il est en phase terminale d'une maladie. Il aurait dû se rendre compte, ai-je poursuivi, à quel point il aurait été intolérable et, excusez le mot, déshonorant, de recevoir du soutien et des soins de la part d'une personne qui aurait préféré être libre, non pas parce que ce quelqu'un aurait préféré être déchargé du rôle d'ange de la miséricorde qui se sacrifie, mais parce que la déception et le dégoût qu'elle ressentait au fond d'elle-même seraient tabous à partir de maintenant, et pour toujours, même longtemps après m'avoir enterré. « Je préfère vraiment être libre, ai-je dit. Même si j'avais le choix entre son sacrifice courageux et l'aide à domicile de la commune, je choisirais l'aide à domicile. » Mes conversations avec Alex suivaient le même fil conducteur. Cela a été également le cas le dimanche soir où il est venu dîner après que j'eus rencontré Anna à l'improviste dans Fælledparken. J'ai servi de la daube provençale et un vin rouge de Loire sur lequel j'avais lu une critique. On pourrait se demander pourquoi j'étais aussi enthousiaste à l'idée de passer du temps en sa compagnie alors que je n'acceptais pas son offre de solidarité et d'indignation vertueuse. Peut-être que cela me réchauffait, en douce, peut-être que j'avais besoin de répéter ma déclaration d'indépendance, de m'endurcir en me répétant. En outre, j'étais simplement heureux qu'il vienne répandre son bon sens bourgeois autour de moi, comme une atmosphère conciliante et vivable de normalité et d'acceptation. Il me prenait tel que j'étais et ne trouvait pas étrange que je sois mauvais dans beaucoup de petites et grandes choses que lui, pour sa part, maîtrisait comme une évidence. Nous en étions encore à sa condamnation morale d'Eva, et j'étais encore en train d'expliquer pourquoi il m'aurait été de toute façon impossible d'accepter ses soins, quand mon téléphone a sonné. Il m'a regardé, dans l'expectative, comme s'il ne comprenait pas pourquoi je ne répondais pas immédiatement. J'ai attrapé le téléphone, je n'ai pas reconnu le numéro sur l'écran et j'ai réalisé trop tard qu'il s'agissait peut-être d'Anna.

« Est-ce que je te dérange ? » J'ai dit non et j'ai immédiatement pensé que j'aurais dû lui demander si je pouvais la rappeler le lendemain. Était-ce là cette vieille disponibilité en moi, sous tous les sédiments ? Un signe original et constitutif, jamais effacé, pour tout contact avec Anna Secher, qui avait survécu à l'oubli, aux décennies et à la résignation ? Un premier non à ce qu'elle puisse me déranger d'une manière dont je n'avais pas vraiment envie ? Maintenant, il était trop tard, mais d'un autre côté, je ne pouvais pas me résoudre à me lever de table et à passer dans le salon pour lui parler. Elle m'a dit qu'elle était désolée d'avoir dû abréger notre échange. À l'entendre, on aurait dit que nous nous étions donné rendez-vous sur un sentier de Fælledparken, ce jour-là, après trente-sept ans. Elle m'a dit qu'elle avait envie de me voir. J'ai dû hésiter deux ou trois secondes de trop. Elle m'a demandé si j'étais toujours là. « Oui, je suis là », ai-je répondu. Alex s'est levé avec tact et a emporté nos assiettes. Je l'ai entendu prendre son temps dans la cuisine pour charger le lave-vaisselle, mon ami qui était ici chez lui. J'espérais qu'Anna n'entendait pas le bruit qu'il faisait. J'ai dit que j'avais été ravi de la rencontrer, le mot me paraissait bien étriqué. « Il y a quelque chose que je dois te dire », a-t-elle dit. J'aurais pu lui répondre qu'elle avait eu trente-sept ans pour me retrouver et me le dire, mais j'ai simplement répondu oui, comme si je savais déjà de quoi il s'agissait. Je savais déjà ce que c'était. « As-tu envie de me rendre visite ? » J'ai entendu au ton de sa voix qu'elle souriait en posant la question. Au même moment, c'était comme si un puits d'un kilomètre de profondeur s'ouvrait dans la croûte des couches comprimées du temps, pour parvenir jusqu'à un matin derrière le store de mon studio à Svanemøllen, lorsqu'elle m'a appelé pour la première fois et m'a posé la même question avec le même plaisir de voir à quel point elle pouvait être directe. « Bien sûr », ai-je réussi à dire. Ma réponse nous a fait rire. Nous nous sommes dit au revoir et avons raccroché.

Alex s'est assis en face de moi et s'est servi un verre. « Il y a quelque chose que tu ne m'as pas dit ? » Il s'est efforcé de prendre un ton curieux. « Pour la faire courte, oui, ai-je dit, mais ce n'est pas ce que tu crois. » Je lui ai raconté que, cet après-midi, j'avais croisé une femme que j'avais brièvement fréquentée lorsque nous étions jeunes. Cela m'a fait du bien de mettre toute cette histoire au clair avec une phrase aussi simple. « Elle est jolie ? » Je n'ai pas pu m'empêcher de rire en secouant la tête avec un air offusqué. « Tu sais que je ne peux plus… Je te l'ai déjà dit », ai-je commencé. « Ce n'est pas un problème, a-t-il répondu. Tu sais bien, tu n'as qu'à me demander. » Je me suis levé pour aller chercher le plateau de fromages que j'avais préparé avant son arrivée. « En plus, j'ai mauvaise haleine, c'est ma fille qui le dit. » Nous avons rigolé tous les deux. « Mais pour Eva », ai-je poursuivi en me rasseyant. Il a haussé les sourcils et secoué la tête. « Au diable Eva, je préfère entendre parler de… comment s'appelle-t-elle ? » J'ai essayé de lui expliquer que c'était une vieille histoire et qu'il n'y avait rien à raconter. « C'est à toi de voir, elle a quand même fait l'effort de t'appeler », a-t-il dit. « Et si je ne suis pas intéressé ? Mais pourquoi me pousses-tu à dire un truc pareil ? Je lui ai parlé cinq minutes sur un sentier dans le parc, et toi, tout de suite, tu penses enfants et une famille recomposée ! En fait, je voulais te parler de tout autre chose. » Il a posé les mains devant lui sur la table. « Vas-y, raconte. » J'ai inspiré profondément et j'ai changé de ton. « Comment dit-on, de nos jours ? Je suis dans une perspective complètement différente. » Il a souri, c'était une chose que nous avions en commun, ce conservatisme chatouilleux à l'égard de l'aplatissement du langage. Je lui ai dit que ce n'était pas seulement ma fierté ou ma dignité qui faisait que je ne voulais pas être pris en charge par Eva quand je serais dans un état de dépendance, que c'était aussi autre chose : « Même si ma fenêtre se fait tellement petite, et ma vision tellement limitée, eh bien dans ce cadre, au moins, je veux me sentir libre. »

Lorsqu'il est parti, je me suis rassis à la table et j'ai bu le fond de la bouteille. J'ai regardé les meubles du salon et, par la fenêtre, la rangée de façades d'en face, dont les fenêtres sombres ou éclairées étaient baignées par la lumière froide de la rue. Si je restais assis assez longtemps, je finirais par voir une manche de chemise ou un dos passer à travers le cadre fortement limité qui donnait dans des foyers inconnus de l'autre côté de la rue. Monde sur monde, côte à côte, étage sur étage, et aucun d'entre nous ne connaissait quoi que ce soit de l'autre. Certains trouvent cela décourageant, mais pour moi, cette idée a toujours été libératrice. L'idée de toutes ces vies. Ce n'est pas que je rêve de vivre celles des autres, chacun son enfer, j'en suis conscient. C'est justement l'inconnu chez les autres qui me semble enthousiasmant, comme s'il confirmait que la vie elle-même reste essentiellement indécise, quel que soit le peu de temps qu'il nous reste à vivre. Tant qu'on est encore là, la fin reste ouverte. Même si je me sens plus marqué par la date de péremption que les autres, je ne peux pas vraiment l'accepter. Alex aurait acquiescé. Il avait simplement voulu m'encourager. Il était médecin, il savait tout sur la durée de vie limitée. Je n'ai pas vraiment compris la force du soulagement que j'ai ressenti quand son offre de soutien moral m'a laissé indifférent. Je pensais chaque mot de ce que j'avais dit sur Eva et mes défauts évidents, mais ce n'était pas tout. Je ne me sentais plus coupable, et ce sentiment-là avait disparu, lui aussi. Il était peut-être difficile de vivre avec moi, mais elle n'avait pas été obligée d'être rabaissée par moi pendant toutes ces années. Elle était tout à fait capable de très bien subvenir à ses besoins, et notre fille avait quitté la maison. Elle était encore jolie, avait encore une silhouette élégante et pouvait facilement attirer un homme décent, il suffisait d'aller sur Internet. Elle aurait dû divorcer il y a des années, bien avant que je ne tombe malade. Avant que cela ne choque les moralistes comme Alex. Même s'il ne me comprenait pas, j'étais reconnaissant qu'il continue de venir me voir. Parfois, je me demandais pourquoi il se donnait la peine de me garder comme ami. Une fois, je lui ai posé la question, mais il s'est contenté de sourire et de répondre : « Parce que c'est moi, parce que c'est toi. »

Il a admis que c'était quelque chose qu'il avait lu quelque part. Au loin, j'ai entendu le bruit d'un hélicoptère qui se dirigeait vers le Rigshospitalet. Il était tard, ce devait être grave. C'est peut-être ce bruit qui m'a fait repenser au Fælledparken et à Anna. Elle voulait me voir. Elle était mariée. « Je suppose que oui », avait-elle ajouté. Alex m'avait demandé si elle était jolie, et c'était peut-être à cause de sa question que je l'avais chassée de mes pensées lorsqu'il était descendu prendre le taxi qui l'attendait. À ses propres yeux, sa curiosité inquisitrice avait probablement jeté un coup de projecteur taquin dans le sombre marécage de mes désirs inavoués. C'était le conseil du docteur : essayez la libido, ça marche toujours, sauf qu'en ce qui me concernait, c'était devenu plutôt calme à ce niveau. Pour lui, il suffisait de faire une ordonnance. S'il avait été encore là, je lui aurais dit que sa question ressemblait à la caricature de l'homme debout sous un réverbère qui cherche sa clef parce que c'est là qu'il y a de la lumière. Mon problème était différent, me suis-je dit en avalant la dernière goutte de mon vin de Loire et en regardant la rue déserte. Mon problème était le soupçon lancinant qu'il n'y avait pas de clef à chercher, que ce soit parce que je l'avais perdue depuis très longtemps ou parce que, dans le monde entier, il n'existait pas de clef pour ce qui me manquait.

Cela remontait à des années, mais au fil du temps, j'avais parfois rêvassé sur la façon dont les choses se seraient passées si Anna n'avait pas disparu, si nous étions restés ensemble, si nous étions devenus un vrai couple et si nous avions eu des enfants. Je n'étais jamais allé plus loin que l'idée que ma fille serait devenue quelqu'un d'autre, peut-être un garçon. Je ne pouvais pas l'imaginer. Les enfants sont bien vite la seule évidence. On peut regretter d'avoir parié sur leur mère, mais on ne regrette pas les enfants, et la contradiction vous saute aux yeux dès que l'on met le doigt dessus. Dès que les enfants arrivent, tout hasard est mis en suspens. « C'est une question de putain de destin », comme l'avait dit Alex. Parfois, on reçoit un cadeau, alors que l'on ne savait même pas que l'on pouvait le désirer. On peut souhaiter un enfant, bien sûr, mais l'on n'a aucune idée de ce dont on parle jusqu'à ce que l'enfant arrive, et nos vagues souhaits initiaux s'estompent parce que cet enfant est toujours quelqu'un. Juste elle ou lui. Anna avait probablement des enfants elle aussi, et elle pouvait sans doute se demander aujourd'hui pourquoi elle avait fini avec ce type, mais il n'était pas question de remettre en cause les enfants, je le savais sans rien savoir d'elle. Quoi qu'il en soit, ils devaient être des adultes maintenant, comme ma fille, sculptant leur propre vie à partir du matériau infini mais informe des possibles. Alors que je marchais à ses côtés sur le sentier du parc, il m'était venu à l'esprit que la vie que nous n'avions pas eue et qui, pendant tant d'années, n'avait même pas été une pensée, une occasion manquée, que cette fausse piste flétrie d'une vie hypothétique aurait de toute façon été une chose que, aujourd'hui, nous aurions laissée derrière nous. Elle se serait probablement lassée de moi comme Eva l'avait fait, et lorsque le devoir commun aurait été rempli, elle se serait demandé s'il n'était pas temps pour elle de rompre aussi. Elle avait haussé les épaules quand je lui avais demandé si elle était mariée. Je n'avais presque pas besoin d'en savoir plus, et elle était suffisamment réfléchie pour se demander si ce qu'elle ignorait de moi valait la peine d'être connu. En fait, nous étions deux étrangers qui n'avaient que des raisons minimes de se rencontrer. Notre ignorance respective de la vie de l'autre au cours des trois ou quatre décennies passées était peut-être l'aspect le plus séduisant de nos retrouvailles fortuites. Nous ne pouvions que gâcher cet attrait en nous revoyant. Curieusement, elle habitait à moins de quinze minutes à pied de ma rue. Nous avions convenu que je viendrais chez elle deux jours plus tard.

L'entrée de l'immeuble était plus imposante que la mienne, carreaux en damier, acajou et verre poli. L'ascenseur, avec ses portes accordéon, ressemblait à une belle et ancienne boîte à cigares placée en hauteur. Lorsque j'ai quitté l'appartement, je me suis rendu compte, à mon grand dam, que j'étais nerveux. Nerveux à propos de quoi ? De ce qu'elle allait penser de moi ? Je me suis morigéné, agacé de me sentir obligé d'agir ainsi. Le lendemain de la visite d'Alex, j'avais sondé mes sentiments, je les avais secoués vigoureusement, pour ainsi dire, avant de les remettre en place, et je n'avais pas réussi à en trouver un qui corresponde à sa jovialité insinuante. Je n'étais vraiment pas en quête de l'amour, je pensais pouvoir le dire en toute bonne foi. Ce n'est pas que je nourrisse une grande confiance envers l'introspection, je suis aussi sceptique sur la pratique que le sont la presse ou les partis d'opposition quand on demande à une instance du pouvoir d'enquêter sur elle-même. Sauf que je suis relativement impuissant. C'est ça le problème, Alex, comment peux-tu l'ignorer ? Tu es médecin, bon sang. Le diagnostic et le fait que j'admette volontiers ma maladie étaient une preuve suffisante que je ne me mentais pas à moi-même. Quand on a la maladie que j'ai, on n'entame pas une nouvelle relation. Surtout pas quand votre femme vous a rejeté sans le dire pour plein d'autres raisons, parce qu'elle ne se voyait pas vivre avec les auxiliaires, les soignants de la commune à toutes les heures de la journée, la dépendance, l'impuissance, le chagrin. Les pilules bleues d'Alex auraient-elles pu nous faire oublier temporairement, à Anna et à moi, ce qui nous attendait ? Ce n'est pas la perspective que j'avais l'intention de présenter en montant son escalier impressionnant, doublée d'une demande tacite d'être aimé au nom d'une vieille amitié. Nous n'avions même pas été amis. Nous aurions pu l'être, une fois que les vagues de mon amour immature et possessif se seraient apaisées, si Claes Wilder n'était pas mort au milieu de notre drame.

Ou le pourrions-nous vraiment ? J'avais mis beaucoup de temps, beaucoup trop de temps à passer à autre chose, comme on dit. Dans l'ascenseur, j'ai rembobiné le film et je l'ai arrêté quelque part entre la disparition d'Anna et ma rencontre avec Eva, une petite dizaine d'années plus tard. J'ai vu une femme d'une trentaine d'années dans un appartement quelque part à Copenhague. C'était peut-être un dimanche matin où elle était allée chercher des petits pains et des viennoiseries pendant que je faisais le café, ou vice versa. Il se peut que j'aie arrêté le film sur une autre femme, car j'en ai connu plusieurs. La femme d'une trentaine d'années avec le pain et le café fraîchement préparé m'observe avec un regard à la fois vulnérable, empathique, distant et totalement objectif. Elle veut tout, mais pas d'une manière autoritaire et envahissante qui pourrait effrayer un homme de son âge, encore jeune dans son esprit, et qui revendique sa liberté. Ce n'était pas non plus ma liberté qui s'était interposée entre elle et moi, ou entre moi et la suivante dans la série des débuts qui ont fini par déboucher sur rien et une conversation sérieuse. Qu'est-ce que je voulais ? Je n'ai jamais pu répondre, la vérité était à la fois trop blessante et trop embarrassante dans sa révolte enfantine contre les faits. Je ne pouvais pas lui dire que, si cela avait été possible, j'aurais remonté le temps jusqu'à la nuit où j'avais surveillé la cour devant l'atelier de Claes Wilder. Que j'appuierais sur Reset et que je recommencerais. Que je rattraperais Anna à la porte et que je sortirais avec elle dans Store Kongensgade et vers un jour nouveau, comme Chaplin et la gamine dans *Les Temps modernes.*

Pendant une fraction de seconde, je n'ai pas reconnu la femme qui a ouvert la porte, et j'ai failli m'excuser de m'être trompé. Je ne l'avais jamais vue avec des lunettes. Anna a affiché un sourire réjoui, comme si, en me laissant entrer par cette luxueuse porte en acajou avec un rabat en laiton devant la boîte aux lettres, elle faisait un pied de nez au destin et à toutes les probabilités. Elle m'a précédé dans le hall d'entrée haut de plafond. Elle était vêtue d'un pantalon sombre et d'un pull bleu foncé – cool, me suis-je dit. Le long d'un mur du grand salon, les cartons de déménagement étaient empilés avec le même nom flamand répété à l'infini sur cette façade monotone de bazar emballé. Des fauteuils Empire et un canapé recouvert de velours étaient installés devant les fenêtres et un bow-window. Sous l'une des vitres bombées du bow-window, des tableaux étaient entassés avec leurs châssis tournés vers la pièce. « Je n'ai même pas encore déballé mes affaires, a-t-elle dit en croisant mon regard. Je cherche encore à m'habituer à ne pas dire "nous". Qu'est-ce que tu veux ? » J'ai levé les bras.

« N'importe quoi. » Ma réponse nous a fait rire tous les deux. J'ai dit qu'elle et son père n'avaient pas fini de déballer leurs affaires lorsque j'étais venu à Howitzvej pour la première fois. Je lui ai dit que j'avais vu l'avis de décès de son père il y a des années. Elle m'a dévisagé. « Je l'aimais bien », ai-je dit en lui racontant la fois où il avait partagé avec moi un civet de lapin et la vitesse de la lumière. « Je ne le savais pas », a-t-elle dit à voix basse avant de sortir du salon. Je l'ai entendue dans la cuisine, et le sifflement de la bouilloire. Elle avait dû mettre l'eau à chauffer en avance. Elle est revenue avec des tasses et une cafetière à piston sur un plateau et elle est repartie. J'ai posé les tasses sur une petite table en espérant qu'elle ne trouverait pas déplacé que je l'aide comme si j'étais un habitué de la maison. Elle est revenue avec un plat. « Des chapeaux de Napoléon », ai-je dit de manière superflue en voyant les biscuits. Elle a souri comme si c'était drôle. Il n'y avait pas de tapis, le soleil de l'après-midi se reflétait sur le parquet brillant. Cela résonnait dans la pièce nue et haute de plafond lorsque l'un de nous posait sa tasse sur la soucoupe. Je me suis assis sur l'un des fauteuils Empire aux accoudoirs incurvés, elle s'est assise sur le canapé. « J'ai un aveu à te faire. » Je me suis dit qu'elle allait droit au but. « Je t'ai déjà vu une fois, de loin. Tu ne m'as pas remarquée. Tu étais avec une femme et une petite fille. C'était un jour d'été, au café en face de Skuespilhuset. J'étais assise à quelques tables de là, j'ai failli venir vous dire bonjour. » Je n'ai pas demandé pourquoi elle ne l'avait pas fait. Je n'avais aucun souvenir d'Eva et moi avec Sofie, en face du théâtre. Voilà, ma fille a un nom elle aussi, il était temps. Sofie doit constituer un repère fiable pour la vie ordinaire que j'ai eue avec elle et sa mère. J'étais tellement amoureux de l'ordinaire, tellement soulagé d'avoir échappé à l'ensorcellement mélancolique dans lequel Anna m'avait plongé, que je pensais que cela suffisait. Bien sûr, il en faut davantage, je m'en rends compte maintenant, il faut bien plus que d'être simplement présent, plus que d'être ensemble dans le bourdonnement de la vie quotidienne, surtout si l'on a eu un coup de pot en ce qui concerne la perception globale de ce quotidien.

«Je me souviens que c'était une belle femme», a dit Anna. «Elle l'est toujours», ai-je répondu, pensant qu'il s'agissait d'une remarque typiquement féminine. Je n'imaginais pas un homme dire à une ancienne petite amie que son mari était un bel homme. Je n'ai pas pu m'empêcher d'entendre la phrase d'Anna comme une invitation à m'exclamer : «Non, non, c'est toi la plus belle femme du pays !» En réalité, c'est moi qui ai manœuvré, dans mon esprit, en m'efforçant d'ignorer l'allusion cocasse d'Alex sous-entendant qu'une ouverture inattendue se présentait là. Je nous ai imaginés, Eva, Sofie et moi à une table de café sur le quai devant le théâtre, nous avions probablement pris un verre de vin blanc, Sofie une glace. Je n'arrivais pas à savoir ce qui était le plus incroyable, le fait que je ne m'en souvienne pas ou que je n'aie pas reconnu Anna à l'une des autres tables. Nous n'avons rien ajouté. On aurait pu parler d'un silence gênant, mais nous l'avons laissé durer. Visiblement, elle était encore au-dessus des seuils conventionnels de socialisation. «Moi aussi, j'ai un aveu à te faire», ai-je finalement dit. Elle a plissé les yeux, comme si la correction de ses lunettes n'était pas assez forte. «Cette nuit-là, dans l'atelier de Claes», ai-je commencé. «Oui ?» a-t-elle dit à voix basse. «Je ne suis pas rentré chez moi.» Elle m'a regardé calmement pendant que je lui ai raconté que j'étais resté pendant des heures à attendre dans l'escalier de l'immeuble, jusqu'à ce qu'elle apparaisse pour disparaître à nouveau dans Store Kongensgade. « D'accord », a-t-elle dit tranquillement en regardant le mur de cartons de déménagement. « Quelques jours plus tard, j'ai lu un article sur Claes dans le journal, Mais à ce moment-là, ton père m'avait déjà dit que tu étais partie. » Elle m'a regardé un instant. « Ah bon ? »

Elle avait pris le train jusqu'à Hambourg, comme nous l'avions planifié, et avait continué vers l'Espagne. Pendant quelques semaines, elle avait parcouru la Castille et l'Andalousie avec des autocars locaux. Il avait fait plus froid que prévu et elle avait gelé dans les chambres des pensions des petites villes dépouillées entre les montagnes. Elle avait pris le ferry pour le Maroc et dormi sur la plage à l'extérieur de Tanger. « C'est un miracle que je n'aie pas été violée », a-t-elle dit nonchalamment. Pendant une partie du trajet, elle s'était jointe à un couple de routards canadiens. Lorsqu'ils étaient arrivés à Marrakech, elle était tombée malade et avait passé une semaine et demie dans une chambre d'hôtel. Elle n'avait vu ni le souk ni une seule mosquée. Elle avait eu la diarrhée ou elle était restée couchée, épuisée, à regarder le ciel changer de couleur derrière les volets, et elle avait pensé à Claes. Elle se souvenait qu'il avait ronflé, puis qu'elle s'était endormie. Elle s'était réveillée parce qu'elle avait eu envie de vomir, il était tout froid et gris. Elle a tout de suite su qu'il devait être mort. C'était plus pour la forme qu'elle avait continué à le secouer et à crier son nom. Elle avait dégringolé de la mezzanine pour aller aux toilettes, et avait juste eu le temps de soulever le couvercle. Lorsqu'elle avait tiré le cordon de la chasse d'eau, le réservoir n'avait pas réagi. Elle avait continué à tirer et était montée sur la cuvette pour voir ce qui clochait. C'était ainsi qu'elle avait trouvé le sac. Un sac en plastique blanc anonyme qui s'était avéré contenir un certain nombre de petits sachets de poudre blanche. Elle avait pensé que Claes avait trouvé une cachette bien stupide. Elle s'était empressée de remettre le sac dans le réservoir. Elle n'ignorait pas qu'il prenait de la coke, il lui avait souvent proposé une ligne et s'était moqué d'elle parce qu'elle n'en avait pas envie, mais elle n'avait pas réalisé qu'il était aussi un dealer. C'était pourtant évident quand elle songeait à la foule fluctuante et fauchée qui traînait dans son atelier. Elle comprenait mieux pourquoi il avait toujours de grosses sommes d'argent liquide sur lui. Elle avait dû remonter à côté de lui pour s'assurer qu'elle n'avait rien oublié. Il lui était venu à l'esprit qu'elle avait le devoir d'appeler une ambulance, au cas où. Longtemps après, cette pensée avait continué de ressurgir dans des moments d'inattention. Aurait-il été possible de le réanimer si elle avait appelé les services d'urgence ? C'était peu probable et, ce matin-là, elle n'avait pensé qu'à sortir de là en vitesse. Elle s'était dépêchée de s'habiller. Cela n'aurait rien changé, s'était-elle dit en ouvrant la porte, avec encore le goût du vomi dans la bouche.

« Tu trouves que je suis insensible ? » J'ai secoué la tête. « Tu étais jeune, ai-je dit. Tu as eu peur. J'aurais probablement eu peur moi aussi. » J'ai vu dans ses yeux que mes mots tombaient comme des gouttes de pluie sur un sol sec. Je me suis interrogé sur moi-même, sur mon besoin de me rendre presque complice de sa négligence. Je me suis souvenu de Hans-Georg et de mes mensonges par omission lorsque j'ai été interrogé par la police. Il ne pouvait pas s'attendre à ce que je prenne le risque de m'attirer des ennuis, mais je me suis quand même senti lâche, aussi bien pendant l'interrogatoire que plus tard, lorsque j'ai déchiré et jeté à la poubelle la demande de visite qu'il m'avait adressée. Anna pouvait remercier son instinct de fuite d'avoir ainsi échappé aux ennuis, et c'était comme ça qu'elle avait disparu de mon radar. La vie de Claes Wilder avait été si papillonnante, si secrète et si lâche qu'Anna et moi avions pu la traverser sans laisser de traces, mais nous nous étions aussi perdus l'un pour l'autre.

Ses nouveaux amis canadiens lui avaient proposé de les accompagner en Égypte. À Alexandrie, elle avait rencontré un grand Anglais qui jouait du saxophone. Elle était en route pour Le Caire, mais au lieu de cela, elle et l'Anglais avaient pris le ferry pour Héraklion. De Crète, ils avaient continué jusqu'à Naxos, où son père à lui tenait un restaurant. Elle pensait être amoureuse, ou du moins elle l'était jusqu'à ce qu'elle ne le soit plus. En outre, le père de son petit ami anglais la collait un peu trop et ses chèques de voyage étaient presque épuisés. Elle avait appelé chez elle et s'était fait envoyer de l'argent par le bureau de poste principal du Pirée. Elle avait passé quelques jours confus à Athènes avec des punks qu'elle avait rencontrés sur le bateau de Naxos. L'un d'eux avait fait une psychose au cannabis pendant qu'ils étaient ensemble et avait failli être renversé alors qu'il errait entre les voitures dans une rue très fréquentée un soir. Cette silhouette délirante, les bras tendus devant les phares, lui avait permis de se voir de l'extérieur pour la première fois depuis des semaines. Il était temps de rentrer chez elle, de se ressaisir. Elle avait pris le train pour traverser la Yougoslavie. C'était un matin de février qu'elle était arrivée à la gare centrale de Copenhague. Sur le chemin du retour, elle avait songé à venir me voir. Elle s'était sentie coupable. Comme si elle était pour quelque chose dans la mort de Claes, a-t-elle ajouté. Pendant qu'elle parlait, je me suis demandé avec regret comment j'avais pu croire une seconde que c'était envers moi qu'elle se sentait coupable. Elle ne m'avait jamais rien promis. En quittant l'atelier de Claes pour la dernière fois, sa seule crainte avait été de laisser derrière elle quelque chose qui pourrait mettre la police sur sa piste.

Son père l'avait accueillie comme si elle était partie pour le week-end. Il n'a commencé à l'écouter que lorsqu'elle s'est effondrée. Pendant le long voyage en train qui la ramenait chez elle, elle avait décidé qu'elle voulait commencer à étudier, mais elle ne savait pas quoi. Dans ce cas, ce ne serait pas ici, avait déclaré le physicien. Pour lui, l'université de Copenhague était une université de Mickey, alors il valait mieux aller à Londres, il connaissait un vice-recteur à la London School of Economics. Elle lui avait demandé ce qu'elle allait y faire. Il lui avait répondu qu'elle pourrait étudier le droit international. Il avait dû percevoir l'étonnement de sa fille, car il avait ajouté qu'elle avait toujours dévoré les articles sur les affaires étrangères, même lorsqu'elle était adolescente et qu'elle était censée s'intéresser davantage aux garçons et à la *beat music*. Elle a ri, surtout à l'évocation du mot « *beat music* ». Sa suggestion était tellement farfelue qu'elle n'avait pu s'empêcher d'y réfléchir. Six mois plus tard, elle avait commencé ses études à la LSE. Elle ne savait pas quelles ficelles népotiques il avait tirées ni de quelles ressources inconnues il disposait. Au cours des mois précédant le premier semestre, elle avait habité une chambre louée chez une autre connaissance de son père. Elle avait trouvé un emploi comme stagiaire dans un cabinet d'avocats. Elle s'était sentie comme un imposteur lorsqu'elle s'était présentée à l'entretien en jupe et en escarpins. Elle y était allée au bluff sans vraiment savoir de quoi elle parlait. En l'espace de six mois, sa vie avait pris un tournant nouveau et totalement inattendu.

En écoutant son histoire, j'ai repensé à ce mois d'hiver après son retour, lorsqu'elle s'était promenée dans les rues de la ville. Nous aurions pu nous croiser par hasard, comme nous l'avons fait trente-sept ans plus tard. Pourquoi pas ? Elle m'a dit qu'elle était restée chez elle à Howitzvej la plupart du temps, mais qu'elle avait dû parfois se rendre dans le centre-ville, comme moi. Qu'en aurait-il été si j'avais su qu'elle était rentrée à Copenhague ? Si, dans mes réflexions solitaires, j'avais su qu'elle avait été brièvement avec un Anglais qui jouait du saxophone et avait un père sur l'île de Naxos ? Je visualisais la ville comme à partir d'un satellite, deux points sur Google Maps, avançant sur des chemins séparés, parfois dans la direction l'un de l'autre, manquant de se rencontrer de quelques pas. À l'époque, il n'y avait pas de portables, pas de plateformes, pas d'Internet, juste une ville plus lente, plus sale, plus coincée dans l'inertie patinée de l'histoire, emprisonnée dans l'étau des coordonnées de temps et de lieu, pendant que nous avions nos rêves, nos désirs et nos regrets. Et puis, tout s'était passé de manière totalement différente de ce que l'on aurait pu penser ou imaginer, et nous nous retrouvions là, de l'autre côté de tout cela, dans l'obscurité d'un jour de fin d'automne. Un rayon de soleil horizontal a glissé sur les flancs marron des cartons empilés, avec le nom flamand et le numéro de téléphone de l'entreprise de déménagement, tous deux répétés sur plusieurs épaisseurs, idiotement, comme si nous étions lents à comprendre.

Elle avait habité à Bruxelles pendant près de vingt ans, son mari s'y rendait aussi souvent que possible, mais c'était généralement elle qui rentrait chez elle le vendredi après-midi et parvenait à prendre un vol matinal le lundi. J'ai demandé si leurs enfants parlaient français. « Nous n'avons pas d'enfants », a-t-elle répondu, un peu trop vite, m'a-t-il semblé. Comme s'il s'agissait d'une information qu'elle avait l'habitude de livrer rapidement, pressée de mettre les choses au clair pour que la conversation passe à autre chose. « Je suis désolé », ai-je dit, et je me suis rendu compte que j'avais l'air de m'excuser à la fois pour ma question et pour leur absence d'enfant. Elle m'a répondu : « Tu n'as pas à t'excuser. » J'ai ajouté qu'il n'était écrit nulle part que le sens de la vie était nécessairement d'avoir des enfants. Elle a ajouté que ce n'était pas vraiment un choix. Je me suis rendu compte que j'avais doublement gaffé. Elle était tombée enceinte peu de temps après sa rencontre avec son mari. Elle travaillait alors au ministère des Affaires étrangères. Il n'avait pas été choqué que cela arrive si vite, et elle commençait à se faire à l'idée incroyable que cet homme, dont elle était amoureuse mais qu'elle ne connaissait pas très bien, serait celui avec qui elle fonderait une famille. Elle s'était demandé si elle voulait un enfant. Ce n'était pas un désir qu'elle avait nourri avant de le rencontrer, comme d'autres femmes, d'après ce qu'elle avait pu comprendre, comme si le désir d'enfant était aussi divers, aussi indéterminé, aussi ouvert aux possibilités de conception que l'abondance d'ovules non fécondés que chaque jeune femme porte en elle dans le monde. Elle avait toujours trouvé quelque chose d'ironique à dire lorsque les femmes du même âge qu'elle connaissait partageaient leurs rêves d'avenir et commençaient à parler d'enfants, alors qu'elles n'avaient aucune idée de l'identité de l'heureux père. Elle avait toujours été sceptique lorsque les femmes, dans leurs rêveries, semblaient s'abandonner à la nature, comme si son cours était un plan et la capacité de procréer une mission qu'il fallait accepter si l'on voulait devenir un être humain complet et réussi. Lorsqu'elles commençaient à rêver au nom de leurs ovaires, elle répondait par un dicton qu'elle avait appris d'une Italienne rencontrée à Naxos : « La mère de la bêtise est toujours enceinte. » Elle avait peu d'amies qui partageaient son désir d'indépendance vis-à-vis de tout, des hommes, des attentes, des modèles de la féminité, et dans son for intérieur, elle avait pensé que la maternité dépendrait de sa capacité à rencontrer un jour un homme qu'elle pourrait respecter et dont elle pourrait tomber amoureuse au point que le désir d'avoir des enfants viendrait naturellement, comme le prolongement logique du merveilleux.

Le merveilleux. Elle vénérait les mots d'Henrik Ibsen comme une amulette depuis qu'elle avait lu *Une maison de poupée*. Elle avait été sceptique lorsque l'homme était apparu. Ce n'était qu'en procédant par élimination qu'elle s'était rendu compte que cela pouvait être lui. Il n'était pas imbu de sa personne, il ne faisait pas de soliloques, il ne voulait pas dominer. Sa liberté à elle n'était pas une circonstance à laquelle il devait sacrifier honteusement s'il voulait avoir accès à sa chatte. Il voulait ce qu'elle voulait, même quand ils ne voulaient pas la même chose. Il la prenait telle qu'elle était, même quand il ne la comprenait pas. Sa façon d'être attentif ne lui rappelait pas l'échange qu'elle avait vu chez d'autres, où la sécurité, le sexe et les bagues de diamants faisaient partie d'une monnaie d'échange émotionnelle opaque. Elle voulait être à ses côtés parce qu'il voulait manifestement qu'elle soit elle-même, et cela n'était pas un hasard, mais le destin, avait-elle pensé lorsqu'elle n'avait pas eu ses règles. Amusée par son enthousiasme, elle lui avait demandé d'un ton taquin, mais aussi inquisiteur, elle devait bien l'avouer, comment il pourrait aimer la vache à laquelle elle allait bientôt ressembler. Il s'était contenté de lui rire au nez, et son rire était si chaleureux qu'il l'avait convaincue, plus que tous les mots qu'il aurait pu prononcer, qu'elle pouvait laisser venir sans crainte tout le cirque hormonal dans lequel son corps allait s'embarquer au cours de la période à venir. Lorsqu'ils étaient encore au lit le matin, dans ces minutes agréables qui précédaient le lever, il fantasmait sur leur fille. Il était persuadé que ce serait une fille et il s'amusait à faire des listes, des listes interminables de prénoms de filles exotiques, poétiques ou carrément farfelus. Elle commençait à peine à se faire à l'idée qu'elle allait être maman, que c'était pour bientôt, quand elle avait fait une fausse couche. « Ç'a été assez dramatique, a-t-elle dit doucement, j'ai perdu beaucoup de sang, j'ai failli mourir. » Elle a soutenu mon regard dans la pièce sombre. « Après, le médecin qui m'a opérée m'a dit qu'il valait mieux que je ne retombe pas enceinte. » Elle a posé la main à plat sur le coussin du canapé à côté d'elle. « Alors je n'ai pas recommencé. » Le rai de soleil avait rapetissé le long des piles de cartons. C'était à peu près l'heure à laquelle on se lève normalement pour allumer quelques lampes, mais elle ne s'est pas levée.

Il ne s'était montré que bienveillant et attentif, il n'avait jamais quitté son lit d'hôpital, elle avait presque dû le forcer à rentrer chez lui pour dormir ou faire autre chose que rester là à lui tenir la main. Lorsqu'il était venu la chercher le jour de sa sortie, elle lui avait demandé de s'asseoir sur le fauteuil qui se trouvait dans un coin entre le pied du lit et la fenêtre. Bien sûr, elle ne l'a pas décrit avec autant de détails. C'est moi qui brode. Tout le monde sait à quoi ressemble une chambre d'hôpital et où se trouve le fauteuil pour les visiteurs. Je n'arrive pas à déterminer si c'est déprimant ou encourageant que ce soit le cas. Cela aurait pu être n'importe quelle femme, n'importe quel homme, elle allongée et lui assis à leur place. Ils ne se connaissaient pas encore très bien, avait-elle commencé. Elle avait été touchée par la joie qu'il avait éprouvée lorsqu'elle lui avait annoncé qu'elle était enceinte. Pendant qu'elle parlait, je me suis demandé comment j'aurais réagi si cela avait été moi et si elle avait vraiment utilisé ce mot, touché. Il n'y avait rien de blâmable dans ce mot, mais son choix impliquait une distance inattendue, en supposant bien sûr qu'elle l'aimait. J'ai imaginé qu'elle avait porté un index fatigué à ses lèvres pour lui signifier de se taire alors qu'il commençait déjà à protester, peut-être parce qu'il pressentait ce qu'elle allait dire. Je l'imaginais caresser lentement la main qu'il avait posée sur sa couette après avoir rapproché la chaise du lit. Ils n'avaient pas encore eu le temps de bien se connaître, avait-elle répété, et elle ne voulait pas l'empêcher de découvrir ce que cela signifiait d'être père. Elle avait eu le temps d'y réfléchir sérieusement pendant sa convalescence et elle voulait qu'il se sente libre de rencontrer une autre femme. Je l'imagine se lever, marcher jusqu'à la fenêtre, se tourner à nouveau vers elle, en colère, désespéré, compatissant, touché, tout cela à la fois. Il s'assied sur le bord du lit, elle secoue la tête.

J'ai bien conscience que j'ai déjà repris son histoire à mon compte en la racontant. Ce que j'écris n'est pas seulement ce qu'elle a raconté, mais ce qu'elle a raconté filtré par ce que je pense et imagine d'eux. Elle lui avait rappelé une fois de plus combien il avait été heureux d'apprendre qu'il pourrait être le père de son enfant s'il le souhaitait. Il lui avait dit que cela n'avait plus d'importance maintenant, qu'elle était celle avec qui il voulait être, sans enfant. Un mois plus tard, le physicien nucléaire l'a conduite à l'autel. Avec un voile de mariée et tout le reste, a-t-elle ajouté, ce qui m'a amené à m'interroger à nouveau sur la distance, la touche d'ironie. Ils vivaient déjà ensemble, il n'y avait donc pas beaucoup de différence, à part les bagues au doigt. Sauf la certitude que cela resterait ainsi, un homme et une femme dans un appartement, peut-être un autre appartement, peut-être une maison, un jour, peut-être avec des meubles différents de ceux du moment, peut-être avec de nouveaux amis, mais en tout cas plus âgés, bien sûr, plus âgés d'année en année et toujours à deux, comme lorsqu'ils étaient jeunes. Quelques années plus tard, le ministère avait prévu de l'envoyer dans une ambassade d'un pays africain. Son mari ne pouvait pas suivre, il était journaliste à la télévision, il aurait dû abandonner sa carrière. Au moment où le ministère l'avait informée de son affectation, elle avait eu vent d'un poste à la Commission européenne. Poser sa candidature était ambitieux, mais le jeu en valait la chandelle. Après tout, Bruxelles était plus proche que Kampala. « Au moins, comme ça, on pouvait se voir le week-end. » Elle a hésité un instant. « Tu le connais sans doute. » Elle m'a regardé un moment avant de prononcer son nom. Ce n'est que là que j'ai compris son regard. J'ai également saisi qu'elle devait être soulagée de ne pas avoir pris son nom lorsqu'ils s'étaient mariés. Je l'appellerai Jan Maas. C'est le nom de l'entreprise de déménagement qui était imprimé sur les cartons posés dans ce qui avait été leur logement commun jusqu'à quelques mois avant mes retrouvailles avec Anna. Le nom de son mari a résonné dans ma tête avec l'écho d'une cloche lugubre. Il résonnerait dans la tête de n'importe quel lecteur comme une alarme, avec sa controverse et sa douleur. Elle s'est tue. Cela m'a semblé durer plusieurs minutes, ce qui est un long silence quand on ne se connaît plus parce que l'on ne s'est pas vu pendant des années et que l'on ignore la plupart des choses. Les années ont passé, que l'on ait pu influer sur leur cours ou qu'elles aient été bouleversées par la violence et la puissance d'événements imprévus. « Je sais ce que tu penses, a-t-elle dit doucement. Ou peut-être que je n'en sais rien du tout. »

Je ne savais même pas à quoi je pensais. Dans le long silence qui nous a séparés, je n'ai presque rien pensé. Si, au nom de Jan Maas, et je dois m'habituer au pseudonyme flamand, mais ce nom, déjà connu et populaire parce que son porteur était devenu en deux décennies ce que l'on appelait autrefois une vedette du petit écran, ce même nom était rapidement devenu synonyme de déchéance morale et de toutes les bassesses pour une moitié du public, tandis que l'autre moitié, une minorité obstinée, défendait l'homme et plaidait son innocence. Personne ne pouvait savoir s'il était coupable ou innocent. Ses défenseurs semblaient se fonder sur le fait qu'ils l'aimaient depuis tant d'années, comme si la personne que l'on aime ne pouvait pas être coupable. Et c'était le mari d'Anna. J'ai fini par dire : « Cela doit être horrible. »

Elle m'a répondu : « Oui, c'est le mot qui convient le mieux. »

Lorsqu'elle l'avait rencontré, Jan Maas était encore un journaliste parmi tant d'autres, l'un de ces troncs vivants que l'on voit quelque part dans le monde et qui tiennent un microphone avec une bonnette anti-vent contre leur poitrine pendant qu'ils racontent ce qui s'est passé à la mairie, à la porcherie ou sur la scène de crime bouclée dans leur dos. Jan Maas était ce présentateur de journal télévisé coupé en deux, été comme hiver, joyeux et digne de confiance quoi qu'il se passe dans son dos, et son visage rasé de frais contribuait à donner une impression de stabilité malgré le chaos, les menaces et les tromperies du monde changeant. On se sentait en sécurité avec lui, peu importe ce qu'il avait à dire, peu importe si c'était inquiétant, mais il n'était encore que populaire, pas une icône. Il ne l'est devenu que lorsqu'il a eu son propre talk-show et que, avec un mélange d'informations, de débats, de ragots et de poussière d'étoiles provenant de l'extrémité la plus bariolée du spectre culturel, il a transformé le studio avec le célèbre canapé rouge en salon du pays tout entier, où toutes les inquiétudes, tous les scandales, et toutes les menaces pouvaient être désamorcés par son célèbre rire contagieux. Il avait une énergie cultivée, une décontraction exubérante qui pouvait satisfaire même des spectateurs exigeants comme moi et comme Anna, du moins c'est ce que j'imaginais, et nous faire suivre le mouvement. Pourtant, je n'ai pas pu m'empêcher de me poser des questions. Anna Secher et Jan Maas ? Elle avait dû arrondir les angles, se montrer moins intransigeante, ou bien il possédait un côté réfléchi et philosophe qu'il ne montrait pas à l'écran. Il était l'une des rares personnalités populaires de la télévision à ne jamais inviter les tabloïds dans sa vie privée, ce qui, en soi, attirait ma sympathie. C'est sans doute pour cela que je ne savais pas qu'Anna était sa femme.

Tout avait explosé au début de l'été, trois mois avant que je ne la croise à Fælledparken. Elle revenait d'une réunion matinale et se trouvait dans son bureau du Berlaymont, en train de lire les éditions en ligne des journaux danois, lorsque le visage de Jan l'avait soudain regardée. Elle était habituée à le voir apparaître sur l'écran, elle s'était habituée depuis des années au petit pincement de l'aliénation, ou quoi que ce soit d'autre, parce qu'il était un personnage public. Elle l'avait eu au téléphone la veille, en fin de soirée, et tout s'était passé normalement. On pouvait supposer qu'il ne se doutait pas de ce qui l'attendait. Un célèbre animateur de télévision accusé d'agression sexuelle. L'article faisait référence à une femme anonyme qui avait présenté un témoignage selon lequel Jan l'avait violée près de vingt ans auparavant. L'incident se serait produit pendant que Jan était brièvement directeur de l'information avant de devenir un présentateur populaire avec sa propre émission. La victime ou victime présumée était stagiaire à la rédaction.

L'agression aurait eu lieu tard dans la nuit, après une réunion dans l'appartement d'une tierce personne. Anna avait calculé. L'incident avait eu lieu, si tant est qu'il ait eu lieu, environ un an après qu'elle eut quitté le ministère des Affaires étrangères pour s'installer à Bruxelles. Selon les déclarations de la femme, elle et Jan avaient eu une brève liaison platonique avant l'agression au domicile d'un collègue commun. Anna s'était étonnée que quelqu'un de beaucoup plus jeune qu'elle puisse utiliser le mot « platonique ». La tête lui avait tourné, mais elle n'avait rien mangé non plus au petit déjeuner. Elle avait fermé l'écran, son téléphone avait sonné, c'était Jan. Elle n'avait pas répondu. Je la vois dans son bureau dans le grand bâtiment. Son téléphone sonne à nouveau, elle ne regarde même pas qui c'est. Jan laisse un message, le premier d'une longue série, de plus en plus désespérés, où il s'explique, se défend, la supplie de répondre, d'appeler, de donner un signe de vie. Elle se lève de sa chaise, va ouvrir la porte de l'accueil pour dire à sa secrétaire qu'elle ne prend pas d'appels. La jeune femme regarde Anna avec inquiétude, elle sent bien que quelque chose ne va pas chez son chef, mais elle n'ose pas poser de question. Anna a progressé au cours des années où elle a travaillé dans l'immeuble. Je trouve des photos d'elle sur Internet. Queue-de-cheval, col roulé, jupe, pas de maquillage. Une rigueur de bon aloi et une élégance qui suscite l'admiration plutôt que la séduction. Elle a eu une carrière que l'on pourrait qualifier de brillante, il émane d'elle de l'autorité et une certaine distance. Si elle ne veut pas être dérangée, on ne la dérange pas.

Il faisait presque nuit dans la rue et dans les grandes pièces de l'appartement. Elle n'était qu'une silhouette pâle et indistincte sur le canapé recouvert de velours, rien de plus que des joues, un front et des mains entourés de cheveux et d'une obscurité granuleuse. Un espace sans contours fixes, comme si le soir avait également imprégné les murs pour nous noyer dans ses distances les plus intangibles, rapprochant le proche et le lointain. Sa voix était plus claire, peut-être parce que je la voyais à peine. Le visage en face de moi devenait indéterminé, sans âge, comme si nous étions de retour dans Howitzvej, où nous nous étions souvent blottis l'un contre l'autre au crépuscule, sans avoir besoin d'allumer une lampe. Je lui ai demandé si elle ne lui avait vraiment pas parlé. Au début, elle n'avait pas répondu.

Au début, Jan n'avait pas non plus répondu aux demandes des médias, mais la pression avait augmenté, la tempête avait fait rage sur toutes les plateformes, tandis qu'il laissait ses messages sans fin. Elle avait bloqué son numéro. Ce qu'il avait dit sur son répondeur, il l'avait répété plus tard dans de grandes interviews dans les journaux, illustrées par des portraits de profil pensifs, lorsqu'il avait été privé d'écran et, peu après, définitivement licencié. Il s'agissait à peine d'une liaison, d'un flirt tout au plus, et il n'avait couché qu'une seule fois avec la stagiaire. Cela faisait tellement d'années qu'il n'avait pas été ivre, ils l'avaient été tous les deux, mais il ne se souvenait pas qu'elle ait résisté ou qu'elle ait exprimé qu'elle se sentait contrainte. Sur le répondeur d'Anna, il avait exprimé des remords et des demandes de pardon. Il s'était senti seul après son départ pour Bruxelles, c'était une incartade qu'il n'avait cessé de regretter depuis lors. Il n'arrivait pas à se comprendre, il l'aimait. Il ne comprenait pas pourquoi la jeune fille, qui était à présent entre deux âges, racontait cette histoire maintenant. Ils étaient restés en bons termes depuis cette nuit-là et, comme par un accord tacite, ils avaient laissé cette petite histoire glisser dans l'oubli. C'était juste cela, une bêtise après une soirée, rien de plus. Peut-être était-elle frustrée dans sa vie, peut-être ressentait-elle le besoin de se rendre intéressante. De rejoindre le chœur des femmes qui se sont manifestées et ont raconté ce que les hommes leur avaient fait dans leur jeunesse. Les voix qui avaient publiquement pris la défense de Jan, des hommes pour la plupart, mais aussi des femmes, s'étaient fait l'écho de ce dernier point. On avait parlé de tribunal populaire et de l'État de droit, et l'histoire avait été analysée, commentée et débattue. Le fait que Jan avait été licencié sans que l'affaire ait fait l'objet d'une enquête approfondie, et malgré l'anonymat de la femme prétendument agressée, est devenu une question secondaire. Plusieurs de ses anciens collègues avaient déjà été coulés par des histoires similaires. L'ancien patron de Jan avait été questionné et avait réagi sur la défensive, parce que le fait que la victime ait résisté ou se soit exprimée ne constituait pas une définition suffisante du viol, tandis que d'autres avaient soutenu la décision de le licencier. Les psychologues déclaraient que la sidération en cas de danger était un réflexe biologique. Des personnalités de la culture masculines et âgées ont déclaré que l'érotisme était mort. L'affaire venait s'ajouter à une série de cas spectaculaires où des hommes politiques et des personnalités publiques avaient vu leur carrière s'effondrer, alors qu'ils se voyaient comme des victimes, tandis que, aux yeux de beaucoup, ils étaient les symboles du raz-de-marée et de la révolution culturelle radicale menée par des femmes plus jeunes qui luttaient contre tout, des abus purs et simples à toutes les formes de comportement obscène et de langage grossier, contre tout mélange de sexe et de relations professionnelles, de sexe et de hiérarchie, en bref, contre tout mélange de sexe et de pouvoir. La tempête faisait rage, Jan bombardait Anna de messages vocaux, de courriels et de SMS, tandis qu'elle restait silencieuse. Un soir, alors qu'elle s'apprêtait à quitter le Berlaymont et traversait le hall d'entrée, elle l'avait aperçu de l'autre côté des portes vitrées. Il était venu en avion pour plaider sa cause, lui parler, la forcer à réagir. Elle s'était demandé comment il avait pu traverser l'aéroport de Kastrup sans se faire lyncher en gagnant son avion. Elle n'était pas sûre qu'il ait réussi à l'apercevoir avant qu'elle ne se précipite vers les ascenseurs. Elle était restée dans son bureau toute la nuit jusqu'au lever du jour.

Anna a interrompu son récit, elle s'est levée pour allumer un lampadaire à côté du canapé. «J'ai une question existentielle, a-t-elle dit. Tu as faim ?» La lampe solitaire ne faisait que souligner la pénombre, la tristesse inhabitée de la grande salle de séjour. «Pour être franc… », ai-je commencé. «Alors c'est dommage que je n'aie pas fait les courses, a-t-elle dit. Voyons ce qu'il y a dans le frigo.» Elle est passée dans la pièce voisine et dans le couloir, je l'ai suivie. Au milieu de ce qui, selon le plan des vieux appartements de Copenhague, est censé être la salle à manger, avec une seule fenêtre d'angle donnant sur la cour, des meubles étaient empilés dans une accumulation de tables, de tissus d'ameublement et de pieds hérissés. «J'ai demandé à Jan de choisir ce qu'il voulait, il l'a pris au pied de la lettre. La plupart des meubles viennent de Bruxelles. Je ne veux pas m'asseoir dans les meubles où nous nous sommes regardés. Je ne sais même pas si j'ai envie de vivre ici.» La cuisine était luxueuse par rapport à ma propre cuisine Ikea, tout était en chêne, les tiroirs s'ouvraient lorsqu'elle les poussait du doigt. « C'était la cuisine de Jan, a-t-elle dit, c'est lui qui cuisinait, il est doué pour ça.» Elle a sorti quelques fromages du frigo et une bouteille de vin blanc. «Tu remues mes complexes», ai-je dit. «C'est vrai…» Elle s'est arrêtée avec un camembert dans une main et a pointé le couvercle sur moi. «Tu ne savais même pas faire cuire un œuf.» Elle a souri. «Tu te souviens vraiment de ça ?» lui ai-je demandé. Elle m'a regardé un instant avant de répondre : « Oui. » Pendant une seconde, j'ai eu l'impression de reconnaître la tendresse d'autrefois, ou du moins un vestige flétri qui aurait passé l'hiver. « Le pain est d'hier », a-t-elle ajouté d'un ton presque triomphant en le découpant en tranches. Il n'y avait ni table ni chaises, mais le plan de travail de la cuisine était suffisamment long pour que nous puissions nous asseoir de part et d'autre de la planche à découper. Elle a croisé les jambes et versé du vin dans mon verre. « Merci d'avoir la patience de m'écouter. » Son ton m'a fait penser à ce qu'elle avait dit d'Eva quelques heures plus tôt, lorsqu'elle m'avait raconté qu'elle nous avait vus un après-midi, il y a de nombreuses années, devant le café du théâtre. Que ma femme était belle. Je n'avais pas pu m'empêcher d'y voir une invitation à peine voilée à lui faire un compliment. Sans doute cela ne venait-il que de moi, et du résidu d'une vigilance érotique traditionnelle. Pourtant, je n'arrivais pas à faire coïncider le léger soupçon de coquetterie dans sa réplique avec le souvenir que j'avais d'elle. Elle avait été tout sauf cela, et j'ai dû réprimer une déception passagère face à ce que j'entendais comme une attitude figée et conventionnelle. Bien sûr que j'avais la force et la patience de l'écouter. C'était la femme envers qui j'avais eu le plus de patience au cours de ma longue vie, ne serait-ce que parce que, à l'époque, j'étais jeune et mal préparé, sous l'emprise de mon propre engouement, de mes envies et de mes recherches jusqu'à la racine même de mon âme solitaire et mal nourrie.

« Au début, je me suis efforcée de penser que cela aurait été une circonstance atténuante s'il avait simplement couché avec elle. Je veux dire, si cela avait été volontaire de son côté à elle. » Elle enlève une miette de pain du coin de sa bouche. « Ensuite, a-t-elle ajouté en me jetant un rapide coup d'œil, quand j'y ai un peu réfléchi, je n'ai pas eu besoin de me le dire, bien sûr. » J'ai songé à ce qu'elle venait de dire. Il y avait le forfait ou la possibilité du forfait, et il y avait l'infidélité. Dans les messages que Jan avait laissés sur son répondeur pour se défendre, il s'était presque accroché à l'explication qu'il ne s'agissait que d'une liaison. Ce n'était pas un crime, mais plutôt quelque chose que l'on pourrait qualifier d'accident, de passion accidentelle, quelque chose qui peut arriver à n'importe qui. Elle pouvait sûrement le comprendre, non ? Aux yeux de la société, elle devait comprendre qu'il y avait une différence énorme, la différence entre l'ancien monde patriarcal et le nouveau, selon qu'il avait simplement couché avec la stagiaire ou qu'il avait négligé de demander, de sentir et de percevoir si elle le voulait. À moins qu'il n'ait simplement utilisé la force. J'avais suivi l'affaire dans les journaux et j'en avais même discuté avec Alex, et nous avions spéculé sur divers scénarios avec cette objectivité bien lâche que l'on n'éprouve que lorsque ce dont on parle ne nous touche pas vraiment. Le résultat final nous avait semblé aussi flou qu'un sentier envahi par la végétation au crépuscule. Il nous avait semblé futile que des voix s'élèvent dans le débat pour réclamer que Jan Maas bénéficie de la protection du droit contre l'arbitraire. Comment pouvait-on, vingt ans plus tard, faire toute la lumière sur quelque chose d'aussi insaisissable que le désir et son absence ? Il n'était même pas évident que l'une des parties mentait ou non. À moins que Jan n'ait vraiment tenu la stagiaire d'une main de fer pendant qu'il la pénétrait. Mais dans ce cas, se serait-elle comportée normalement, presque amicalement avec lui dans la période qui avait suivi ? Peut-être que oui. Cela aurait pu être sa façon paradoxale et solitaire de se libérer de son statut de victime, de se débarrasser de la conscience d'être utilisée comme un morceau de viande sans volonté ni dignité.

« Bien sûr, c'est terrible pour lui, a dit Anna. D'être accusé. Pour cela. Est-ce que j'ai tort de ne pas vouloir lui parler ? » J'ai croisé son regard. Son regard gris-vert sous les paupières tombantes. « Je te comprends, ai-je dit. Ou plutôt, je crois que je te comprends », ai-je ajouté, ce qui était plus conforme à la vérité. Je l'ai imaginée à nouveau, seule dans son bureau, quelque part dans l'énorme bâtiment du Berlaymont. Je l'ai imaginée en train de pivoter lentement sur son fauteuil ergonomique, entre la vue sur la rue de la Loi et la manchette grandiloquente, noir sur jaune, qui lui riait au nez depuis l'écran d'ordinateur posé sur son bureau. Un célèbre animateur de télévision accusé d'agression sexuelle. La question n'était pas de savoir s'il avait couché avec une autre femme pendant qu'elle était à Bruxelles et déployait toutes ses compétences. Ce n'était qu'une observation délicate en privé, une bagatelle qui ne regardait pas le public indigné. « Tu devrais peut-être rentrer maintenant », a-t-elle dit. « Oui, peut-être », ai-je répondu en me laissant glisser du plan de travail de la cuisine. Elle m'a suivi. « Merci d'être venu », a-t-elle dit, hésitant un instant avant de me prendre dans ses bras. Nous sommes restés debout, enlacés dans une étreinte prudente une seconde de plus que je ne l'aurais pensé. « J'espère te revoir un de ces jours », a-t-elle dit. J'ai souri et je suis sorti rapidement. Dans l'escalier, je me suis souvenu qu'elle avait dit quelque chose de similaire la première fois que j'avais passé la nuit à Howitzvej.

Un matin du début du mois d'octobre, nous avions convenu de nous retrouver au restaurant Plaza de la Reina. L'endroit ne s'appelle plus comme ça aujourd'hui. L'air s'était rafraîchi, la lumière du soleil était plus retentissante, comme un coup de trompette. Je me suis assis à une table sous la marquise et j'ai regardé les cygnes, la lumière agitée sur l'eau du lac et l'accumulation de boue et de roseaux cassés dans le coin où se termine le Sortedams Sø. Ce que l'on appelle un vent frais était occupé à soulever les feuilles flétries du gravier et à les faire voler en spirale entre les troncs le long du mur de granit qui fait face à Østerbrogade. J'ai conscience que je me laisse aller à ce que l'on pourrait qualifier de fioriture sous la forme d'une description inutile. Chaque Copenhagois sait à quoi ressemblent les Lacs par une matinée ensoleillée du début du mois d'octobre, et si l'on n'est pas de Copenhague, on peut toujours imaginer ce que c'est que d'avoir cet endroit particulier comme toile de fond indifférente mais familière à l'avancée de la masse monotone de l'existence au fil des ans. Les lecteurs qui le souhaitent peuvent sauter une page. Je ne vais pas me forcer à me discipliner pour tenir compte de la patience limitée de personnes inconnues. Qu'elles lisent autre chose. Je dois avouer que j'ai toujours été très étonné quand des auteurs donnaient des interviews et disaient qu'ils écrivaient pour eux-mêmes. J'ai toujours pensé que leurs éditeurs seraient désolés de l'entendre, mais d'un autre côté, je ne suis jamais devenu un écrivain. Pendant près de quarante ans, je me suis efforcé de comprendre ce que le client voulait communiquer, et j'ai répondu aux attentes, comme on dit, toujours méticuleux dans la formulation, et en ayant toujours à l'esprit tel ou tel groupe cible. Pour une fois, je vais me permettre de penser tout en écrivant. Écrire ce qui me vient à l'esprit. Par exemple, depuis mon enfance, je pense que le trait noir autour des yeux et du bec des cygnes leur donne une expression maléfique qui contredit leur cou gracieux et leur blancheur tant vantée. C'est une observation puérile, bien sûr, les cygnes ne sont pas méchants, ce ne sont que des oiseaux, leur cerveau a la taille d'une châtaigne, mais quand je me fais des reproches au nom des cygnes et de mon bon sens trop mûr, je suis frappé par le découragement. Car que se passe-t-il à long terme si toute l'importance que l'on attribue à son environnement se répercute sur soi-même ? Il n'y a que toi sous la marquise, un homme blanc, hétérosexuel et jeune retraité, il n'y a que ton regard anthropocentré qui façonne ce qu'il voit, mais qu'en est-il du regard que le cygne porte sur toi ? Je le sais, mais je me demande ce qu'il va advenir de la langue si elle doit constamment présenter des papiers valables sous la forme d'âge, de sexe et de point de vue. Qu'advient-il de l'espoir innocent que les mots, malgré leur artificialité arbitraire et leur point de départ dans le sujet, puissent encore saisir, mâcher et transformer l'être avec leurs sensations, leurs tentacules et leurs mandibules ? J'écris cela pour moi, mais aussi pour Anna Secher. J'écris pour éclaircir un tout petit peu tout ce qui a existé, ce qui a réussi à nous façonner et à nous marquer avant de passer, de disparaître et de rejoindre le néant. Oui, pour démêler les fils et les tirer au clair, comme on dit, les enrouler en une longue ligne avec un début, un milieu et une fin. Rien que l'ordre des phrases, et cela peut-être plus que tout autre chose, est une aide pour se rendre compte où l'on en est dans l'histoire. Et se rendre compte que l'on a une histoire, bon sang.

Il faisait donc beau en ce jour d'octobre, et le vent soufflait de cette manière encourageante qui dit que tout peut être bousculé et déplacé, et que rien ne doit être exactement comme on le pensait ou le craignait. Anna était ponctuelle, je lui ai fait un signe quand je l'ai vue arriver au coin d'Østerbrogade. Même dans cet établissement, il était impossible d'entrer en contact avec la jeune femme qui était censée servir, et je me suis levé pour aller payer. Un peu plus tard, alors que nous marchions côte à côte au bord du lac, je me suis dit que les joggeurs qui passaient devant nous avaient dû penser que nous étions un couple. Elle portait des baskets et une parka délavée, elle ne ressemblait en rien au haut fonctionnaire de la Commission européenne qu'elle n'était plus. Nous nous étions revus une fois après ma première visite. Je l'avais invitée dans un restaurant italien du quartier. Nous n'avions pas parlé de Jan. Cela avait été un répit par rapport à l'état de siège dans lequel elle vivait, avec des appels téléphoniques auxquels elle ne voulait pas répondre et des questions dont elle n'avait pas envie d'envisager les réponses. Je l'avais fait rire, et si vous interrogez mon ex-femme, ce n'est pourtant pas ma spécialité. Elle m'a interrogé sur ma vie. Son intérêt n'était pas exempt d'un certain sens du devoir, maintenant que j'avais écouté son histoire. J'ai répondu du mieux que j'ai pu. Comment réagit-on lorsque c'est votre vie qui est à l'ordre du jour ? On patine, on choisit, et il n'est même pas nécessaire de refouler, de faire semblant ou de dramatiser à l'excès les tourments et les ennuis qui ont fini par vous catapulter dans l'au-delà du divorce. Il n'est pas nécessaire d'être une très grande personnalité pour se sentir mal à l'aise en parlant de soi. D'ailleurs, il me semblait plus pertinent, plus vivant de parler du peu de temps que nous avions passé ensemble, à Svanemøllen et à Howitzvej. Après le repas, je l'ai raccompagnée chez elle, je l'ai même embrassée sur la joue avant de repartir, plus chaste et plus pudique que je ne l'avais jamais été au cours des années quatre-vingt.

Alors que nous marchions sur le chemin qui longe le Sortedams Sø, elle m'a remercié une fois encore d'avoir eu la patience de l'écouter. Cela m'a écorché les oreilles parce qu'elle donnait l'impression que nous n'avions pas passé une soirée agréable et sans heurt à parler de tout autre chose que de notre présent déprimant. Je devinais déjà que Jan Maas allait être notre compagnon invisible pendant notre promenade autour des Lacs. Elle n'avait personne à qui parler et évitait même les amies qui s'étaient empressées de lui faire part de leur sympathie et de leur indignation. C'était un dilemme, a-t-elle expliqué. Elle ne voulait pas s'armer de cette solidarité féminine où l'homme n'était plus tel ou tel homme, le sien par exemple, mais une créature mythique avec un grand H, si grande et si effrayante qu'il fallait l'attaquer ensemble. En même temps, elle réalisait que pour couronner le tout, sa solitude, lorsqu'elle restait dans son coin, était une conséquence issue de la trahison de son mari. Mais c'était mieux ainsi. C'était une chose de retrouver d'autres femmes et de pratiquer le vaudou sur un homme avec lequel on avait été liée autrefois, d'être emportée par un élan de justice jusqu'à ce qu'il ne reste de lui qu'une parodie transpercée et noircie par la suie. Elle avait toujours eu l'impression de participer à une forme d'humiliation collective lorsque les femmes se réunissaient ainsi et qu'il était question des folies ou des mauvaises actions de tel ou tel homme. Peut-être parce que, très vite, il ne s'agissait plus seulement de la personne, mais aussi, plus ou moins tacitement, de son sexe. « On se croirait revenu dans la jungle de Bornéo, a-t-elle dit. Il ne reste que la maison commune des femmes et la maison commune des hommes, et un no man's land peuplé de scorpions. Les hommes sont-ils aussi comme ça ? » Je ne savais quoi répondre, peut-être parce que je sentais instinctivement que la réponse devait être oui. Je ne pouvais pas dire oui simplement parce que c'était approprié. J'ai pensé à Alex et à son indignation face au fait qu'Eva avait choisi de divorcer au lieu de rester à mes côtés et de me soutenir lorsque la maladie commençait à se faire sentir. Était-il également indigné parce qu'elle avait déçu une attente qui, selon lui, aurait pu être placée à juste titre sur elle en tant que femme ? Je me rassurais en me disant que j'aurais probablement provoqué la même colère si c'était Eva qui était tombée malade et moi qui étais parti. « C'est quand même un viol », ai-je fini par répondre. Anna s'est arrêtée. Nous avions dépassé Fugleøen, l'île aux oiseaux dont les cormorans avaient, au fil des ans, dépouillé les troncs morts en les couvrant d'excréments. Leurs branches blanches comme la chaux brillaient au soleil derrière elle. Son regard vert sous ses paupières tombantes m'a fixé pendant quelques secondes. « J'ai eu de la visite depuis la dernière fois », a-t-elle dit. J'ai immédiatement pensé que c'était Jan Maas, dont elle avait fini par avoir pitié, et je l'ai imaginé, assis dans le fauteuil Empire où je m'étais assis, avec vue sur les piles de cartons de déménagement portant son nom, sauf que ce n'était pas son nom.

Son premier réflexe avait été de dire non à l'inconnue au bout du fil. C'est-à-dire inconnue et inconnue, car Anna s'était rapidement rendu compte que cette femme ne faisait qu'un avec la stagiaire anonyme qui avait valu à Jan le chômage, le déshonneur et un divorce imminent. Sauf, bien sûr, qu'elle n'était plus stagiaire et qu'elle avait depuis longtemps perdu sa jeunesse, avait songé Anna. La femme a expliqué qui elle était, d'une manière tout à fait correcte et sans prétention. Elle comprenait qu'Anna puisse trouver étrange qu'elle appelle. Elle avait beaucoup réfléchi avant de prendre son courage à deux mains. Anna s'est étonnée de n'avoir pas demandé à l'inconnue comment elle avait obtenu son numéro de téléphone. La femme a dit qu'il était tout à fait compréhensible qu'Anna ne veuille pas la rencontrer. Bien entendu, a songé Anna. « Je ne sais pas pourquoi je dis oui à tout cela », a-t-elle répondu. Le lendemain, Clara Friis s'est assise dans le fauteuil où j'avais pris place pendant que la lumière déclinait, et Anna m'a raconté. Bien sûr, elle ne s'appelle pas Clara Friis, mais la femme qui est à l'origine du tremblement de terre dans la vie de Jan et d'Anna veut à tout prix conserver son anonymat. D'après Anna, elle était également d'apparence anonyme, et toujours d'après Anna, personne n'aurait pensé que Clara, âgée d'à peine quarante ans, pouvait être un canon lorsqu'elle était jeune stagiaire. Anna m'a regardé : « Est-ce que ça se dit encore ? » J'ai haussé les épaules, nous approchions de Tagensvej, elle a continué son histoire. J'aurais pu répondre que je ne pense plus que l'on dise quoi que ce soit, ni canon, ni pin-up, ni gonzesse, parce que ce serait interprété comme une objectivation sexiste, quel que soit le terme. Je ne pouvais pas savoir ce qu'en penserait Anna, mais puisqu'elle avait parlé de « canon » sans que le ton de sa voix signale au moins une réserve ironique, j'aurais pu prendre mon courage à deux mains et répondre qu'il ne serait peut-être même pas possible de qualifier la stagiaire de séduisante si elle avait été stagiaire aujourd'hui, car le fait d'expliciter qu'elle l'était, ou plutôt qu'elle l'avait été, était en soi une manière indirecte de singulariser et donc aussi d'humilier et d'exclure les stagiaires qui n'étaient pas séduisantes. Tout comme cela aurait été de l'âgisme de souligner que Clara Friis avait possédé autrefois des qualités avantageuses qu'elle n'avait plus. Si ce n'est qu'il est tout à fait pervers de caractériser une femme, stagiaire ou non, sur le fait que son apparence a ou avait eu un effet stimulant sur le désir des hommes. J'étais d'accord et j'aurais aimé pouvoir exprimer mon accord à Anna, mais d'un autre côté, pourquoi, en vérité ? Pourquoi ai-je ressenti le besoin de me démarquer de la lourdeur des autres hommes, par mon accord ? Voulais-je obtenir sa reconnaissance en me montrant comme une sorte de modèle de la bataille des sexes ? Allais-je essayer de retoucher l'image que j'avais de moi-même avec ma réplique polie parce que je m'étais souvenu de toutes les fois où, dans ma vie, j'avais jugé une femme du regard ? Voilà les questions qui tourbillonnaient en moi pendant qu'Anna et moi marchions le long des graffitis vaguement intimidants du tunnel sous Fredens Bro, tandis que, en même temps, dans le récit d'Anna, Clara Friis s'asseyait dans son grand salon à peine meublé et la regardait d'un air qui dénotait la timidité et les scrupules sincères. Elle lui avait déclaré à voix basse qu'elle était venue car elle avait quelque chose à dire.

Elle comprenait très bien pourquoi Anna avait hésité à accepter de la voir. Elle comprenait mieux que personne pourquoi les médias n'avaient pas réussi à obtenir une seule déclaration de l'épouse de Jan Maas, humiliée et choquée, et elle comprenait complètement pourquoi tous les SMS et messages téléphoniques de Jan étaient restés sans réponse. Toute l'histoire avait été révélée parce qu'elle avait reçu un courriel d'une journaliste. Lorsque Clara avait appelé la journaliste, celle-ci avait expliqué que, après les premiers scandales concernant quelques collègues de Jan et leur comportement à l'époque, le journal avait décidé de vérifier s'il n'y avait pas d'autres cas. Grâce au droit à l'accès aux documents administratifs, ils avaient dressé une liste des femmes qui avaient été employées à l'époque où les abus avaient eu lieu. La journaliste avait corrigé : tous les épisodes n'étaient pas criminels. De son point de vue, il s'agissait d'une culture. Il ne s'agissait pas de pointer du doigt des personnes en particulier, mais d'un autre côté, la vérité était toujours concrète. Clara a dit qu'elle avait pensé que cela ressemblait à un truc qu'elle avait lu quelque part. « Je ne vois pas le rapport avec la culture, avait-elle répondu, soit on est une ordure, soit on ne l'est pas. » Anna avait souri parce que la jeune femme en face d'elle avait pensé la même chose qu'elle, et aussi parce que Clara avait l'air trop gentille pour avoir le mot

« ordure » à la bouche. Elle avait également l'air un peu effarée. Regrettait-elle son geste ? Était-ce pour cela qu'elle était venue ? L'autre femme avait croisé le regard d'Anna. Non, ce n'était pas pour cela.

J'imagine quelques secondes de silence pendant lesquelles elles s'assoient et se regardent. Parce que je connais la suite, c'est ainsi que j'imagine la scène. Un silence momentané, comme une bulle invisible qui ne demande qu'à éclater. Vingt ans et un parquet nu les séparent. Autour d'elles, des cartons de déménagement et des tapis roulés. Du fauteuil où elle est assise, Clara Friis peut voir l'ensemble chaotique de meubles entassés et empilés les uns sur les autres au centre de ce qui était la salle à manger, et qui le redeviendra sans doute quand Anna aura fini par trouver l'énergie de l'aménager. Si c'est la fin de la journée et que le temps n'est pas nuageux, je sais comment un rayon de soleil traverse le salon vide et vient frapper le mur de cartons de déménagement. Ils ont fini par former une caisse de résonance inattendue pour l'histoire qui suit, tout simplement parce que dans ma recherche d'un pseudonyme, j'ai choisi le nom imprimé en grosses lettres et répété jusqu'à l'écœurement : Jan Maas Jan Maas Jan Maas Jan Maas Jan Maas Jan Maas. Peut-être entend-on le vacarme des pales d'un hélicoptère, qui s'intensifie et diminue à nouveau en direction du Rigshospitalet et du grand trampoline d'atterrissage sur le toit, où des silhouettes vêtues de blanc attendent déjà. Le ciel au-dessus d'une grande ville est toujours plein de catastrophes, tandis que la vie continue au niveau de la rue, comme si toutes les perspectives d'avenir et tout ce qui fait sens étaient bien préservés.

Cela avait commencé comme un flirt, si l'on veut. Au

début, elle avait été flattée, oui, c'était le mot, par l'attention qu'il lui portait, lui qui était tellement plus âgé qu'elle et tellement connu. Il était beau, et elle n'était que la petite nouvelle. Elle n'était pas habituée à l'intérêt soutenu porté par un homme d'âge mûr, son regard avait une fermeté insistante, quelque chose de complice et en même temps d'une provocation drôle que Clara n'avait pas rencontré chez les garçons de son âge. Comme s'il voulait la taquiner à l'avance parce qu'elle n'était pas en forme. Comme s'il devinait ce qu'elle pensait. À quoi pensait-elle ? Au début, elle avait supposé qu'il avait dû connaître beaucoup de femmes, et qu'être marié ne semblait pas être un obstacle pour lui, de ce qu'elle en savait. C'était incroyable qu'un homme aussi connu et aussi séduisant aux yeux de tous l'ait choisie, et elle avait commencé par se moquer d'elle-même, persuadée que c'était sa vanité qui lui jouait des tours. Elle se disait que, évidemment, il n'était pas intéressé comme ça, mais il l'était. Il y avait eu des situations qu'elle n'avait pas envie de décrire en détail, mais cela pouvait se produire lors de réceptions ou dans les couloirs, ou s'il était tard dans la salle de rédaction et que, pour une raison ou une autre, il ne restait qu'eux dans la pièce. Il se créait ainsi soudain des espaces de familiarité passagers qui duraient une fraction de seconde ou plus, où un regard, un toucher fugace ou une conversation qui s'égarait soudain sur une tangente personnelle, où toutes ces choses réunies, quand elle y réfléchissait, lui disaient que ce n'était pas seulement le fruit de son imagination. Elle n'avait pas de petit ami, le dernier avait rompu avec elle parce qu'il préférait être avec une autre, elle était donc fragile, elle l'admettait volontiers, réceptive et probablement vulnérable, mais elle ne disait pas cela pour endosser d'emblée le rôle de victime. Elle n'était pas non plus de celles qui s'accusent de ce qui s'est passé plus tard et qui portent le chapeau parce qu'elles ont le sentiment, après coup, de l'avoir provoqué. Une fois qu'elle avait compris qu'elle ne se trompait pas à son sujet, elle avait été pleinement consciente des signaux qu'elle envoyait. Elle n'était pas innocente de ce point de vue, mais honnêtement, n'a-t-on pas le droit de jouer avec l'idée de séduction ou simplement avec l'idée que c'est un jeu ? Il n'était pas nécessaire de porter une burka pour être sûre de ne pas être mal comprise. Oui, elle avait flirté avec Jan et, à un moment donné, peut-être plus que flirté, mais l'on n'est absolument pas obligé de suivre tous les chemins qui se présentent. En fait, elle y avait pensé, mais cela n'avait pas été mentionné dans l'article parce que la journaliste s'était vraiment concentrée sur les hommes et leurs comportements abusifs. « D'accord, c'est bien que la loi ait été modifiée et que l'on considère qu'il y a viol si la victime n'a pas donné son consentement explicite. Il était temps », avait dit Clara, puis elle avait marqué une pause avant de poursuivre. Mais l'exigence de clarté peut aussi avoir quelque chose d'oppressant. Et si elle ne voulait pas être claire ? Et si c'était agréable de ne pas l'être ? Et si le fait de laisser les choses en suspens augmentait son plaisir ? Le laisser douter qu'elle soit vraiment partante, le laisser montrer son courage en allant de l'avant à ses propres risques et périls ? Elle n'en avait parlé à personne auparavant. L'ambiance n'était pas favorable à cela pour l'instant. Anna avait souri et Clara lui avait rendu son sourire, rassurée.

Jan l'avait emmenée dans l'équipe qui se rendait à Cannes pour couvrir le festival, où un film danois figurait dans la compétition officielle. C'était ce que l'on appelle une offre qu'elle ne pouvait pas refuser, et en réalité, ce n'était même pas une offre. Elle ne pouvait pas dire non parce qu'elle devait aller travailler. Jusque-là, il ne s'était rien passé. La plupart des choses, enfin presque toutes, lui étaient venues à l'esprit, et évidemment dans celui de Jan également, mais lorsque l'équipe s'était retrouvée à l'aéroport et plus tard dans l'avion, où il était assis à côté d'elle, elle n'avait eu aucun doute quant à ses attentes. Lorsque leurs regards s'étaient croisés, elle ne doutait pas qu'il savait qu'elle connaissait ces attentes, mais elle n'en avait pas tenu compte. Elle n'était jamais allée à Cannes, elle allait voir les stars sur le tapis rouge devant le palais des festivals. Elle avait même dû se tenir derrière la caméra en tant qu'assistante de production au milieu de toutes les autres équipes de télévision, toute cette clôture électrifiée, frémissante d'importance, qui séparait les stars en smoking et robes longues de la foule anonyme et curieuse. Tout était exactement comme elle l'avait prévu, et elle était tellement subjuguée que cela ne l'avait pas touchée lorsque, au cours de la journée, il prenait des libertés qu'il n'avait jamais osé prendre auparavant. Qu'il s'agisse de poser les mains sur ses hanches quand il devait passer alors que le reste de l'équipe les regardait, ou des mots qu'il lui adressait alors que les autres pouvaient l'entendre, même au milieu de la Croisette où ils se plantaient pour interviewer un acteur danois. Quel effet cela fait d'être sélectionné pour la compétition officielle pour la Palme d'Or ? Anna avait ri de son imitation de Jan.

Clara était épuisée lorsqu'ils s'étaient assis au bar de l'hôtel le dernier soir et qu'ils avaient évalué la situation. Elle aurait dû s'assurer de regagner sa chambre pendant qu'il était encore temps, mais avant même d'y songer, il n'y avait plus qu'elle et Jan. Alors qu'elle réfléchissait à la manière de se sortir de cette situation, il s'était montré de plus en plus passionné. Rien de ce qu'il disait ne l'étonnait vraiment, mais elle était tout de même surprise de l'entendre dire tout cela. En particulier, elle avait été déconcertée par son sérieux, qui ne cadrait pas avec la légèreté, l'humour et les taquineries qui avaient caractérisé leurs échanges. Elle savait bien, disait-il, ce qu'il ressentait pour elle. Elle avait essayé de sourire. Le savait-elle ? Elle avait fait de son mieux pour que sa question paraisse légère et ironique. Il avait déclaré qu'il avait envie d'elle. Il avait profité du fait que personne autour d'eux ne comprenait le danois pour lui dire qu'il voulait l'emmener dans sa chambre et la déshabiller. Il lui avait décrit ce qu'il ferait une fois qu'il l'aurait déshabillée et, soudain, tout cela lui avait paru tellement grotesque qu'elle s'était mise à rire. Ce n'était manifestement pas la réaction à laquelle il s'attendait et elle s'était excusée, c'était sorti comme ça. Elle avait immédiatement regretté ses excuses, car il n'y avait pas à s'excuser, au contraire, mais il ne fallait pas s'énerver, car il avait retiré son bras du bar lorsqu'elle avait posé une main conciliante sur la sienne. Bien sûr, elle se sentait gênée, mais d'un autre côté, elle était soulagée et pensait avoir dit les choses gentiment. Qu'ils ne devraient pas sortir ensemble, qu'elle ne voulait pas coucher avec lui. Alors qu'elle était seule dans l'ascenseur, elle avait songé qu'elle ne se souvenait pas de la dernière fois où elle s'était sentie aussi apaisée. Pendant le voyage de retour à Copenhague, il s'était montré distant et mesuré, et dans les semaines qui avaient suivi, on aurait presque dit qu'il l'évitait. C'était un soulagement. Elle n'aurait pas su sinon comment mettre un terme à ce qui s'était passé entre eux et, avec le recul, elle s'était dit que c'était trop. Il y avait même eu des moments où elle s'était demandé si elle ne l'avait pas fait sortir du bois sur des bases fausses. Sa distance et sa froideur étaient le prix à payer pour avoir ainsi posé des limites claires. Avec le temps, quand elle y repensait, tout cela apparaissait de plus en plus absurde et embarrassant, et cette histoire aurait pu s'arrêter là.

Je ne sais pas si c'est l'idée du Festival de Cannes qui m'émeut, mais je ne peux m'empêcher de l'imaginer comme une scène de film. Enfin, non, pas une scène de film, mais les quelques secondes de l'un des plans qui seront ensuite coupés et insérés dans la suite de plans qui composent une scène. Le réalisateur a dit merci, mais la caméra tourne encore pendant un moment, ou peut-être attend-il parce qu'il a été brusquement fasciné par cet instant prolongé dans le studio de cinéma, ce silence après que les répliques prévues ont été prononcées. Fasciné comme je le suis rien qu'en imaginant la silhouette d'Anna. Une ombre floue mais bien reconnaissable sur la pile de cartons derrière elle, éclairée par un grand projecteur dont les volets façonnent et coupent la lumière pour la faire ressembler à un rai de soleil. L'ombre du profil d'Anna avec son chignon couvre la majeure partie du nom Jan Maas sur le carton de déménagement situé à la hauteur de sa tête. Seules la première et la dernière lettre baignent dans cette fausse lumière du soleil, *Ja* et *as*, séparées par son menton, son nez, son front et un nid de cheveux noués en un chignon lâche et précaire. Quand je la voyais, avant toutes ces années intermédiaires pendant lesquelles je ne l'ai plus vue, elle me faisait toujours tomber amoureux quand elle se coiffait de cette manière négligée, presque indifférente, que j'imagine dans la scène où elle est assise en face de Clara Friis et l'écoute parler de Jan.

J'écris qu'elle me faisait tomber amoureux, et cela sonne comme une coquetterie de sa part, une manœuvre délibérée pour éveiller mon intérêt érotique, ou quelle que soit la manière dont on voudrait décrire cela, et ce n'est déjà pas correct, parce que c'est de l'absence de conscience que je suis tombé amoureux. Non pas parce qu'elle est devenue un objet pour mon regard, un objet avec lequel mon regard pouvait jouer librement dans son théâtre intérieur de désir fétichiste et ainsi de suite, mais parce qu'Anna, ayant pour ainsi dire écarté ses cheveux en les nouant là où c'était le plus évident, sur le sommet de sa tête, préoccupée qu'elle était par autre chose, m'a permis de l'apercevoir telle qu'elle était, équilibrée et autonome. Je n'ai jamais été aussi amoureux que lorsque j'ai pris douloureusement conscience que je ne parviendrais jamais à l'atteindre, c'est-à-dire à percer le mystère qu'elle représentait. À l'époque, cette prise de conscience a été associée à de l'effroi, et lorsque j'ai pansé mes plaies et cultivé le sentiment d'avoir été abandonné, c'est presque devenu comme un pilier de sagesse pour moi : on ne connaîtra jamais complètement la personne que l'on aime. Aujourd'hui, cette pensée me semble limitée, égocentrique et stupide. On a tendance à exagérer quand on est jeune. Anna n'était pas un mystère simplement parce qu'il y avait des choses que j'ignorais sur elle ou que je ne comprenais pas. Elle était quelqu'un d'autre et donc en partie inconnue, mais l'autre personne peut répondre si on lui pose des questions. On comprendra une partie de ce que dit l'autre et l'on pourra même se mettre à sa place, mais la limite de l'empathie et de la compréhension n'est pas la limite de l'autre personne. C'était une pure illusion lorsque j'ai transféré mes propres limites sur Anna sous la forme d'une lueur énigmatique, à laquelle je pourrais plus tard allumer des cierges dans ma mémoire. Je suis suffisamment âgé pour le savoir, mais cette vision sans illusion ne m'apaise pas comme elle le devrait, car je me demande si le jeune homme que j'étais ne possédait pas une capacité que j'ai perdue. La capacité de rendre l'autre merveilleux sans raison avec son regard énamouré.

Ici, Anna tourne le dos à sa silhouette intemporelle et me regarde, moi, aujourd'hui, avec ses soixante ans et en couleurs. Elle me lance un regard ironique, mais aussi un peu agacé. Écoute, Clara était en train de raconter son histoire. Je suis d'accord avec elle, je me suis perdu dans une digression sans être sûr qu'elle contribue à l'histoire. Pendant ce temps, Clara attend patiemment dans le fauteuil où je me suis assis lorsque j'ai rendu visite à Anna pour la première fois depuis près de quarante ans. Je donne la parole à Clara. Elle hésite un peu avant de continuer. Après tout, elle n'est pas une actrice prête à dire son texte sur commande.

Comme je l'ai dit, cette histoire avec Jan aurait pu se terminer à Cannes avant même de devenir une histoire. Les semaines avaient passé, Jan et elle ne se parlaient presque plus, seulement professionnellement, et elle était convaincue que leur liaison non consommée était derrière eux. Au début de l'été, toute la rédaction avait été invitée à dîner dans un restaurant du centre-ville, ils avaient une salle pour eux, tout le monde était là, et ils avaient beaucoup bu. Elle avait appris à suivre le rythme, il fallait pouvoir boire si l'on voulait participer à la vie sociale, et elle était bien bourrée lorsqu'ils avaient continué en ville, d'abord dans un club de jazz, puis dans une discothèque. Elle n'avait pas parlé à Jan de toute la soirée, il était assis à l'autre bout de la longue table du restaurant, mais en chemin, d'un endroit à l'autre, ils avaient marché l'un à côté de l'autre et bavardé un peu. Il lui avait demandé des nouvelles d'une manière douce et légèrement prudente, ce qui lui avait permis de comprendre qu'ils étaient tous deux passés à autre chose. Elle avait été heureuse et soulagée qu'ils puissent parler ainsi, et dans l'ensemble, c'était une soirée d'été insouciante et amusante. Elle aimait danser, elle n'était pas fatiguée, et elle avait dansé avec tout le monde, y compris Jan, mais sans arrière-pensée, croyait-elle. À la fin de la soirée, c'était un petit noyau dur qui s'était retrouvé chez le directeur des programmes. Certains avaient dansé, d'autres s'étaient assis pour discuter. Lorsqu'elle s'était levée, elle s'était rendu compte de tout ce qu'elle avait bu. Elle ne pouvait pas marcher droit et après être allée aux toilettes, elle était entrée dans une chambre au lieu de rejoindre les autres. Elle s'était effondrée sur le lit et avait dû s'endormir immédiatement, sans pouvoir dire combien de temps. Elle s'était réveillée quand il s'était couché à côté d'elle.

Clara respire profondément avant de continuer. Ce n'est pas qu'il avait utilisé la force en tant que telle. Elle avait tenté de le repousser, mais ses bras et ses jambes étaient comme du plomb. Bien qu'engourdie par l'alcool, elle s'était sentie parfaitement lucide et, au fond d'elle-même, elle avait vu tout cela comme si elle se trouvait au bord d'un précipice, incapable d'intervenir. Elle ne se souvient plus de ce qu'elle avait pensé, si elle avait eu peur qu'il soit violent si elle résistait, si elle craignait que les autres accourent si elle criait. Avait-elle pensé aux conséquences si son chef entrait et la trouvait allongée sur son lit ? Peut-être avait-elle pensé à tout cela en même temps, mais dans son souvenir, elle ne pensait à rien du tout. Tout ce dont elle se souvient, c'est de l'écart énorme entre sa conscience et son corps, de ce qui arrivait à son corps sans qu'elle puisse l'arrêter, et c'est là que survient le fameux trou noir. Elle n'a aucun souvenir de ce qui est arrivé ensuite, ni comment elle était passée du lit du directeur des programmes au sien. Tout a disparu. Elle avait dû dormir presque tout le week-end, et quand elle ne dormait pas, elle regardait le mur, complètement vide à l'intérieur. Lorsqu'elle était arrivée au travail le lundi, c'était comme si rien ne s'était jamais produit. Jan était toujours aussi amical, avec le détachement qu'elle s'était habituée à saisir comme le signe qu'il avait accepté son rejet à Cannes. Elle n'avait même pas essayé de le confronter.

Elle avait honte, même en sachant parfaitement que c'était un sentiment tout à fait injuste et inacceptable. Elle n'arrivait pas à s'expliquer sa honte et n'avait envie de se confier à personne. Elle pensait qu'il avait atteint le but qu'il s'était fixé à Cannes. Quand ils ne pouvaient pas éviter de se parler dans la journée, elle faisait comme s'ils étaient égaux. Comme s'ils étaient quittes. Elle s'interrogeait sur elle-même, elle se demandait comment il avait pu la pénétrer. Avait-elle vraiment été anesthésiée à ce point ? Bien qu'elle ne pensât pas avoir à se reprocher quoi que ce soit, peut-être lui avait-elle promis plus qu'elle n'était prête à tenir, et de toute façon, il était plus facile de passer à autre chose en faisant comme si rien ne s'était passé, et c'était ce qu'elle avait fait. Peu après, elle avait pris deux semaines de congés et elle était allée chez ses parents dans leur maison de vacances près de Blåvand. C'était agréable, mais elle restait souvent seule, se promenant dans les dunes ou s'allongeant sur la plage en essayant de se concentrer sur un livre. Elle avait commencé à avoir des nausées, ce qui ne l'avait pas surprise car elle se sentait dégoûtée d'elle-même, mais les nausées s'étaient avérées avoir une cause plus tangible lorsqu'elle s'était finalement décidée à prendre son vélo pour acheter un test au supermarché Brugsen.

Curieusement, il avait appelé un soir peu de temps après. Elle était sortie sur la terrasse face aux dunes, ses parents avaient dû penser qu'il s'agissait d'un nouveau petit ami dont elle n'était pas prête à leur parler. J'imagine Clara. La soirée est froide, même si le soleil brille. Elle est assise, toute voûtée, elle regarde la pluie et les oyats dans le vent tout en parlant à Jan. Il adopte le ton passionné dont elle se souvient au bar de l'hôtel à Cannes. Elle l'interrompt, presque brutalement, en lui annonçant qu'elle est enceinte. Il lui demande si elle sait qui est le père. Elle répond que ce ne peut être que lui. Silence à l'autre bout du fil, puis il continue à marmonner sur ce ton intelligent et sincère dont il pense sans doute qu'il lui va bien et qui montre que, derrière la façade masculine, c'est un homme sensible, presque poétique. Il déclare qu'il pense à elle tout le temps. Il continue, comme si elle n'avait pas dit ce qu'elle vient juste de dire, tandis que les oyats s'agitent et semblent clignoter comme des dizaines de milliers de signaux morse. Elle a la tête qui lui tourne, elle est secouée, mais il a entendu très clairement ce qu'elle a dit. Il lui dit que lui et sa femme n'ont malheureusement pas d'enfant et qu'il a erré avec un sentiment de vide jusqu'à ce qu'il la rencontre. Il annonce qu'il veut quitter sa femme pour qu'ils puissent être ensemble et fonder une famille. Il y a alors un silence, et dans ce silence, il n'y a que le vent d'ouest, la fraîcheur du soir et ces oyats fous, jusqu'à ce qu'elle lâche, sans y réfléchir : « Mais tu as perdu la tête ! »

Elle se dépêche de raccrocher, à la fois parce qu'il leur sera difficile d'ajouter quoi que ce soit après cette phrase, mais aussi parce qu'il est clair pour elle qu'il n'y a plus rien à dire. Elle ne sait pas comment elle pourra à nouveau regarder Jan dans les yeux ou fonctionner dans un cadre professionnel avec lui après cela. Elle repousse cette idée à plus tard pendant les jours suivants, mais cela s'avère inutile, car lorsqu'elle retourne à son appartement le dernier jour de ses vacances, elle trouve une lettre du directeur des programmes lui annonçant sa démission en raison de changements au sein du département. En plein milieu des vacances d'été ? Clara hausse les épaules quand Anna lui pose une question.

Nous étions arrivés au Dronning Louises Bro. Après le pont, elle m'a pris par le bras lorsque nous sommes arrivés à Nørrebrogade. Nous n'avons pas parlé en attendant le feu vert au passage piéton. Il y avait beaucoup de jeunes sur le pont, assis contre le parapet et prenant un bain de soleil, les volutes de hasch s'envolaient et une enceinte crachait de la musique. Elle a déclaré : « Je pense que, pendant vingt ans, il n'a jamais pensé que c'était un viol. Je crois que sa déception amoureuse l'a empêché de s'en rendre compte. Qu'en penses-tu ? » J'ai hésité à répondre. « Peut-être qu'il était tellement amoureux ou excité qu'il ne pouvait pas imaginer qu'elle ne ressentait pas la même chose. C'est aussi ce que l'on appelle prendre ses désirs pour des réalités », ai-je dit. « Elle était complètement anesthésiée par l'alcool », a dit Anna. « Je pense à Cannes, ai-je répondu, à sa manière de se comporter. Peut-être qu'il était vraiment fou d'elle, peut-être que c'était juste un salaud. Ou les deux. » Elle a secoué la tête. « D'après Clara, il ne s'est même pas donné la peine de mettre un préservatif. Tu veux dire qu'il était trop passionné pour se soucier de ce genre de petit détail pratique ? » Je n'ai pas su quoi répondre. Je me suis à nouveau rendu compte que je parlais d'un homme que je ne connaissais pas. Anna a dit qu'elle savait que je n'essayais pas de le défendre. « Je devrais m'en charger moi-même, car je l'ai aimé, a-t-elle poursuivi. Malgré ma colère, je n'arrive pas à me sortir de la tête que je devrais le faire. » Nous avons traversé la rue. Anna s'est arrêtée devant la sculpture des années quarante qui représente un jeune couple assis. La jeune femme se penche en avant comme pour réconforter l'homme qui est assis avec les coudes sur les genoux et la tête dans ses mains. J'ai dit : « C'est typique que ce soit la femme qui essaie de se mettre à la place de l'homme. Je ne dis pas ça pour faire de la lèche. » Elle m'a regardé en haussant les sourcils. « Mais tu as quand même envie de le préciser ? » Nous avons poursuivi le chemin le long du Peblinge Sø. Sur la rive du lac, il y avait du monde à la location de pédalos déguisés en cygnes surdimensionnés. Des couples et des parents avec leurs enfants se déplaçaient tranquillement dans la lumière chatoyante du lac. Contrairement aux vrais cygnes, les faux en contreplaqué peint n'étaient pas méchants.

Soudain, elle s'est arrêtée au milieu du chemin. Quand elle m'a lâché, j'ai réalisé à quel point il était inhabituel pour moi de marcher bras dessus, bras dessous avec quelqu'un. Elle a hésité un instant : « Pourquoi… Pourquoi penses-tu qu'il a dit qu'il voulait fonder une famille avec elle ? » Il y avait quelque chose de désespéré dans sa question, comme si j'avais une meilleure chance de répondre qu'elle, qui le connaissait, tout simplement parce que j'étais un homme. « Peut-être que c'était un pari fou. Peut-être qu'il l'a dit parce qu'il le pouvait. Peut-être que ça revient au même. » Je n'ai pas compris ma propre réponse, et ce n'est qu'une fois les mots sortis de ma bouche que j'ai entendu à retardement la douleur qui était à l'œuvre derrière sa question. Tout ce à quoi elle pouvait penser, c'était le jour, il y a longtemps, où elle lui avait donné sa liberté, dans son lit d'hôpital, alors que les médecins lui disaient que ce n'était probablement pas une bonne idée de retomber enceinte. Il aurait pu sortir et quitter le service de maternité en homme libre, libre de répandre son sperme. À quoi servait donc son affection si noble ? Sa volonté de se sacrifier au nom de leur amour, quelque chose de si éphémère et, au fond, si peu solide ? Elle a dû écouter l'histoire de Clara avec le sentiment que Jan Maas lui avait fait perdre son temps, qu'il l'avait amenée à vivre en croyant en vain aux déclarations sentimentales qu'il avait faites à son chevet, à l'hôpital. « Cela me fait penser à un roman de Heinrich von Kleist que j'ai lu il y a de nombreuses années », a-t-elle dit en avançant sur le chemin.

S'il y avait eu un écho de douleur dans sa voix, il s'était éteint. Elle n'était à nouveau que maîtrise et mesure. Lorsqu'elle a prononcé le nom de Heinrich von Kleist, cela m'a rappelé combien de fois sa culture m'avait fait me sentir ignorant et à côté de la plaque lorsque nous nous promenions dans le jardin de l'Institut agronomique, et qu'elle se souvenait d'un classique qu'elle connaissait bien, naturellement. Elle m'a raconté *La Marquise d'O*, ne s'attendant apparemment pas à ce que je connaisse le livre. « Une forteresse du nord de l'Italie est assiégée par les

Russes, on devine qu'il s'agit de Milan », a-t-elle dit. La forteresse est prise d'assaut et la fille du commandant s'évanouit de peur. Un officier russe généreux prend le commandant et sa famille sous sa protection. Quelque temps plus tard, la fille du commandant passe une annonce dans le journal. L'homme qui l'a mise enceinte est prié de se présenter tel jour, à telle heure. « Mais j'ai déjà divulgâché la fin, a déclaré Anna. Tu as sans doute deviné qui est le père, n'est-ce pas ? Kleist est plus subtil, il sait mystifier le lecteur, même si tout est écrit comme s'il s'agissait d'un article de journal. Dans un premier temps, la fille du commandant réagit comme on peut s'y attendre lorsqu'elle comprend que c'est l'officier russe qui a profité de ce qu'elle était inconsciente. Une idée tout à fait improbable en soi, mais qu'importe. Bien sûr, elle ne veut pas le voir, mais le vrai scandale, du moins pour un lecteur contemporain, c'est qu'elle finit par lui pardonner une fois qu'il lui a fait part de ses sentiments. C'est un comble. Et Jan n'a jamais lu Kleist. Il ne sait pas qu'il s'est comporté comme un officier russe pendant le siège de Milan. Comme si le viol pouvait être pardonné, à condition qu'il soit commis sous l'emprise de la passion. »

Devant nous se trouvait le Søpavillonen avec ses flèches élancées et qui, de loin, ressemblait à une maison de poupée. L'aspect enfantin de ce bâtiment en bois fantaisiste n'a pas diminué à mesure que nous nous approchions et il a pris ses véritables proportions. « Je ne crois pas que beaucoup de gens le pensent », ai-je dit. « Non », a-t-elle répondu doucement. Elle avait les larmes aux yeux. Elle les a essuyées aussi vite qu'elles étaient apparues sur ses joues, mais elle n'a pas pu s'empêcher de renifler. Nous avons contourné le Søpavillonen jusqu'au passage piéton qui traverse Åboulevarden. Je me sentais mal parce que je ne trouvais rien à dire pour la réconforter et je ne lui ai même pas tendu le bras. Elle m'a devancé. « Merci de ne pas avoir pitié de moi, a-t-elle dit. Sinon, je ne tiendrais pas ! » Nous avons marché en silence sous les arbres, sur le chemin entre le Sankt Jørgens Sø et les vieilles villas lugubres. J'ai essayé de comprendre ce qu'elle avait dit. Elle se sentait déjà acculée, mais si je lui montrais de la compassion…

J'avais si peu d'éléments pour la comprendre, quelques mois, un automne et un hiver, il y a longtemps, de l'autre côté de toutes les années où sa vie et la mienne avaient suivi des voies séparées. Le terme est trompeur, car la voie n'existe pas quand on avance. Les rails doivent être continuellement posés devant la locomotive impatiente, en fonction de l'espace disponible. Je me suis souvenu de la nuit pluvieuse où elle m'avait quitté, furieuse, à la gare de Svanemøllen, parce que je l'avais questionnée de manière insinuante et mesquine, poussé par une jalousie que je ne voulais même pas admettre. Elle ne supportait pas que je m'accroche à elle, et la pitié était aussi une sorte d'envahissement, cela la rapetissait, cela la rendait moins libre. Mais pas seulement. Même si, aux yeux de Jan, le viol avait été quelque chose de mû par les sentiments, il s'agissait toujours d'un viol, d'un crime, et les crimes n'étaient pas seulement une affaire publique. C'était une affaire publique parce qu'elle était plus lourde, plus terrible que sa trahison. Comparé à son crime, le fait qu'il ait insisté pour épouser Anna, sachant pertinemment qu'ils n'auraient jamais d'enfants, puis qu'il ait mis enceinte l'une des stagiaires de la chaîne de télévision, en lui offrant en prime un avenir commun, et que, repoussé et penaud, il soit ensuite revenu en catimini vers le mariage qu'il était prêt à abandonner, tout cela était un changement émotionnel insignifiant dans la sphère privée. Voilà ce qui peut arriver quand les années ont mené un couple d'un point A à un point B. Il peut y avoir tant de squelettes dans le placard d'un mariage que les autres ne connaissent pas, et ce n'est pas un crime de changer d'avis. Tous ceux qui ont été au courant de l'histoire seraient d'accord pour dire que le viol était le pire, et même avant qu'Anna n'entende Clara raconter son histoire, l'histoire et le jugement public avaient envahi sa conscience. Ce n'était que parce qu'elle refusait de parler à qui que ce soit qu'elle avait évité de justesse d'être expropriée de ses pensées les plus intimes.

Nous n'avons pas fait le tour complet des Lacs. Le plan était de marcher jusqu'au point de départ, mais comme on le sait, dans la vie, tous les plans ne se réalisent pas. Quand on est assez vieux, on sait que c'est seulement un petit nombre. Assez vieux ? Je dois m'arrêter, me rappeler que je ne me sens pas vieux, pas à l'intérieur. Je m'éloigne de l'écran et me traîne vers la bibliothèque pour trouver le passage du livre de Simone de Beauvoir sur la vieillesse dont je me suis souvenu. Oui, c'est là : « La vieillesse est un destin, et quand elle se saisit de notre propre vie, elle nous laisse stupéfaits… Que le déroulement du temps universel ait abouti à une métamorphose personnelle, voilà ce qui nous déconcerte. » Anna et moi venions d'atteindre le Planétarium lorsque j'ai dû abandonner, et ce n'est même pas mon âge qui a été déterminant. Comme je l'ai dit, je n'ai que 62 ans. Je me le répète tous les jours. Je n'ai que 62 ans. Je n'ai que 62 ans. Les gens courent partout et font des choses stupides à mon âge, mais pas moi. J'aurais dû me dire que ce serait provoquer le destin, tirer sur la corde, ou peu importe comment on appelle la chose, que d'accepter de faire le tour des Lacs avec Anna.

Elle avait fait remarquer à plusieurs reprises que j'étais lent et, à un moment donné, elle m'a même taquiné en me disant que je marchais comme un vieil homme. J'ai apprécié ses taquineries. Si cela m'a un peu piqué au vif, je me suis rassuré en me disant qu'elle ne l'aurait probablement pas dit si elle avait vraiment pensé que j'étais un vieil homme. Je me suis arrêté pour m'asseoir sur un banc, m'appuyant d'une main sur le dossier, c'était presque démonstratif. Elle s'est assise également, et j'ai tout déballé. Je lui ai dit ce que savent uniquement Eva, mon ami Alex, mon médecin traitant et les médecins du Rigshospitalet. Bien que nous ayons tout ignoré de nos vies et de nos allées et venues respectives pendant près de quarante ans, je lui ai dit ce que je n'ai même pas dit à ma fille. Sans doute qu'elle l'a mérité en partageant son histoire avec moi, même si je n'avais pas demandé à être mis au courant de son drame privé.

Elle m'a regardé calmement pendant que je parlais. J'étais soulagé que, par ses mimiques ou par un son spontané de pitié féminine, elle ne me mette pas dans la même position que celle que je lui avais épargnée peu de temps auparavant. Celle du récipiendaire reconnaissant de sa compassion. J'ai prononcé le nom de la maladie, mais je ne le ferai pas ici. L'omission est mon dernier rempart, et il ne s'agit pas de dire que si c'est un fait, alors je nie les faits. Je suis complètement dominé, vaincu par les faits, je n'ai aucun problème à l'admettre. Les faits ont envahi ma vie à un degré qui sera invalidant à terme, mais je ne suis pas obligé d'appeler l'ennemi par son nom pendant que je rédige mes notes secrètes. Pas ici, en tout cas. Comment m'expliquer ? Il y a une dignité à ne pas le faire, à laisser ce nom dans le flou. Pourtant, j'ai envie d'imaginer que je suis prêt à jouer de toutes les grandes orgues des mots et à tirer sur tous les registres à volonté. Je viens de comprendre que ce n'est pas seulement mon corps qui est possédé, mais aussi mes pensées, ma compréhension de moi et l'importance que l'âge revêt sur la compréhension de soi quand une maladie transmet ses substances de signalisation, sémantiques et métaphoriques, voire empoisonne l'image de ce que l'on est. Le langage dans son ensemble est attaqué et les termes scientifiques, y compris le fléau omniprésent des initiales et toutes sortes de noms de scientifiques décédés depuis longtemps, en forment le cheval de Troie. Je ne suis pas ma maladie, disons-le simplement, mais ma seule chance est de faire en sorte que le langage évoque la distance entre mon moi et le pronostic de la maladie, la rigidité, l'usure et l'impuissance croissante, plutôt que de laisser le nom se refermer sur moi comme une souricière.

Les médecins de l'hôpital m'ont posé des questions sur mon humeur, comme ils disent, pour savoir si elle fluctue. Ils m'ont prévenu que le diagnostic pouvait s'accompagner d'une dépression ou d'une simple tristesse, mais je dois dire que mon humeur est excellente. Je suis presque encouragé par le fait d'affronter l'épuisement croissant de la dopamine dans mon cerveau, de tromper mon corps avec le langage et de sprinter phrase après phrase, alors que suivant la description bienveillante d'Anna, dans la réalité de la 3D, je me déplace comme une tortue. J'avoue que cela a empiré après notre promenade interrompue autour des Lacs. Nous avons hélé un taxi à la gare de Vesterport et puis novembre est arrivé. J'ai l'impression que mon corps a pris note du raccourcissement des jours, de sorte que mes pas et mon endurance se sont également raccourcis. Le rayon d'action de ma volonté. En revanche, certaines choses banales et des plus ridicules sont devenues un processus, quelque chose que je dois affronter, pour lequel je dois me préparer. On parle de brossage de dents, de ces gestes d'allers-retours où il faut garder le bras levé, bien trop longtemps. Le pire, c'est que j'ai de plus en plus de mal à trouver une grimace idoine, ou plutôt que je réponds de plus en plus souvent, c'est-à-dire que je ne réponds pas, aux sollicitations les plus diverses avec le même masque mortuaire qu'est l'immobilité. On me dit que tout est touché, absolument tout – bon sang –, sauf cette voix, que je transpose en signes, en mots, en lignes, en pages, dans une course contre la montre, c'est du moins l'impression que j'en ai.

Lorsque le taxi s'est arrêté devant mon immeuble, Anna a payé et est descendue avec moi. Je lui ai dit que c'était trop. Elle a fait semblant de ne pas m'entendre. « Ce n'est pas comme si j'avais un déambulateur à la maison », ai-je dit en ouvrant la porte de l'immeuble. Elle n'a pas pris mon bras pour monter l'escalier. Elle aurait pu essayer. « Bien sûr, tu es la bienvenue, mais tu n'es pas obligée », ai-je dit. Elle s'est arrêtée sur le palier entre deux étages, et j'ai dû me retourner. Nous n'avions pas allumé la lumière dans la cage d'escalier, son visage était dans l'ombre, seule une étroite bande de gris provenant de la fenêtre poussiéreuse à ses pieds longeait sa joue comme une main amicale. « Tu dois bien comprendre une chose, a-t-elle dit doucement. Je suis là. Je vais rester là, et je ne veux pas entendre tes conneries. » Ses yeux étaient toujours les mêmes, gris-vert, avec des paupières légèrement tombantes. Elle pouvait se faire arranger ces paupières, ce ne serait pas un problème, et j'aimais qu'elle ne l'ait pas fait.

Nous sommes restés ainsi, elle sur le palier, moi sur la marche au-dessus, à nous dévisager l'un l'autre, et la fraction de seconde qui s'est écoulée entre nous a été comme un plongeon dans les masses vertes du temps, jusqu'à une soirée à Nørrebro, il y a longtemps, lorsque nous nous trouvions dans un autre escalier et que nous étions des étrangers l'un pour l'autre.

Ce n'était pas seulement des paroles, on se voit presque tous les jours. Elle apporte un sac plein de courses et nous cuisinons ensemble ou je vais chez elle, ce n'est pas comme si je ne pouvais pas du tout marcher. Elle a ce don pour rester concise, pour régler au téléphone un détail pratique, ou pour organiser quelque chose, de sorte que tout le temps que nous passons ensemble, et ce que cela représente, ne devienne pas un problème. À un moment donné, alors que je ne pouvais plus me retenir de lui demander pourquoi elle m'aidait, elle m'a simplement regardé. « Parce que je le peux », a-t-elle répondu. Je lui avais parlé de mon divorce sans rien cacher, même si j'avais pris soin de m'exprimer de manière à minimiser la possibilité qu'elle réagisse comme Alex, avec une indignation compatissante face à l'égoïsme et à l'insensibilité supposés de mon ex-femme. À mon grand soulagement, elle n'a pas commenté d'un seul mot la décision d'Eva. Je me suis souvenu que je m'étais autrefois émerveillé de sa tolérance apparemment sans limite face aux excès, aux faiblesses ou aux lacunes des autres. À l'époque, j'avais reconnu à contrecœur que son acceptation désabusée constituait une forme d'avantage par rapport à ce que je rejetais par ailleurs comme du défaitisme, notamment sa vision totalement apolitique du monde, voire son absence totale de vision. Résignée, mais pas pour autant passive, sans grande foi en ses semblables, mais pas pour autant dénuée de générosité, au contraire. J'avais vu comme un signe de fierté le fait qu'elle se donne volontiers, que ce soit à moi ou à Claes Wilder, ou à qui que ce soit, tout en ayant un œil aiguisé sur la mesquinerie appuyée et la jalousie possessive. Il n'y avait pas de justice là-dedans. Je me suis souvenu qu'elle s'était moquée de moi en disant cela un soir à Howitzvej parce que j'avais essayé d'entamer une discussion sur les perspectives d'amélioration du monde. Lorsque j'avais paraphrasé les analyses politiques de Hans-Georg sur la société de classes, condamnée à s'effondrer sous ses contradictions internes, elle s'était contentée de me regarder avec une expression sensuelle assumée, sachant qu'elle me provoquait, et parce qu'elle savait également que je savais qu'elle m'était supérieure d'un point de vue intellectuel. Elle n'avait pas besoin de renverser mes élucubrations théoriques en se montrant chaleureuse et volontaire, elle ne voulait tout simplement pas se battre contre mon insensibilité pédante. Cela n'avait rien à voir avec la justice. Elle ne montait pas l'escalier avec des sacs de courses remplis parce que je le méritais. Elle venait parce qu'elle le pouvait, et je n'ai pas eu droit à une autre explication.

Pendant les premières semaines, nous avons tous les deux semblé esquiver la question sans réponse de savoir ce qui l'avait vraiment poussée à venir. Ou pourquoi j'étais devenu un visiteur régulier de son grand appartement, et que je faisais de mon mieux pour l'aider à le décorer avec les meubles et les objets qu'elle avait rapportés de Bruxelles. Que dire de plus ? On s'habitue à tout, même aux relations qui n'ont pas de nom. Ce n'est que maintenant que je cherche les mots, et ils viennent à moi parce que je cherche à les trouver, et c'est alors que je comprends ce qui se passe. Elle me veut du bien. C'est aussi simple que cela. Elle ne s'attend même pas à ce que, en contrepartie, je la rende plus belle par le regard que je pose sur elle, ni plus unique qu'elle ne l'est. Tout cela, c'est derrière nous. Elle vient alors que je ne l'ai pas mérité, je ne comprends pas pourquoi. C'est peut-être mieux ainsi, car je ne sais pas comment la remercier, si ce n'est en lui disant merci. Elle ne veut pas en entendre parler non plus, mais je le lui dis quand même. Merci. Même si l'hiver approchait à tout point de vue, c'était comme quand on se réveille aux premiers jours du printemps, on sent ses épaules s'affaisser et quelque chose en soi qui se craquelle. Quelque chose de solitaire, de desséché et de racorni, comme une coquille que l'on a pris l'habitude d'associer à la sécurité, aussi sûr que cela puisse être de se laisser aller à son découragement désabusé. On sait ce que c'est. Il fallait que ça se brise, que ça croule sous le poids de sa bonne volonté pour que je puisse l'accepter, pour que je puisse me livrer sans réserve ni excuses à sa gentillesse si douce.

Au début, c'était un sentiment de dépouillement, je dirais presque d'humilité, si ce mot ne gâchait pas tout en étant utilisé. Maintenant je l'utilise, mais au début, en toute humilité, c'était véritablement étrange de ne pas être seul. À un moment donné, cela n'a plus été perceptible et je n'arrivais pas à mettre le doigt sur le moment où le changement s'était produit. Quand j'essayais, je pensais à ce que devait ressentir un condamné s'il était soudainement gracié, et il n'était même pas question que le médecin de l'hôpital m'appelle un beau matin pour me dire qu'il s'était trompé. La maladie était encore une évidence, j'étais encore en état de siège. Pourtant, une zone démilitarisée s'était créée entre le diagnostic et moi, et elle était associée au fait d'être à nouveau dans l'atmosphère d'Anna, après presque toute une vie. Je n'ai pas d'autre mot. Il suffisait qu'elle me regarde avec ses yeux verts étroits, qu'elle sourie à quelque chose de cette manière complice que j'avais appris à associer à son excédent pétillant d'intelligence et d'humour. Il suffisait d'une main amicale sur mon épaule alors que je commençais à franchir un obstacle ridicule. Soudain, j'ai eu l'impression de me retrouver du bon côté des Alpes un jour d'avril, de voir la lumière briller dans la brume entre les peupliers le long d'un canal dans une plaine luxuriante, alors qu'il neigeait encore chez moi. Quand elle est arrivée, c'est comme si toutes les années qui nous avaient séparés avaient fondu derrière elle. Manifestement, nous pouvions parler de tout aussi longtemps que nécessaire, mais nous pouvions également rester silencieux ensemble. Nous pouvions être chacun avec son livre ou son écran, comme si nous étions seuls, et pourtant reprendre le fil avec un mot ou un regard, comme jadis à Howitzvej. Un après-midi, par exemple, on a soudain sonné à ma porte. J'avais complètement oublié que Sofie allait passer. Ma fille, au cas où le lecteur éventuel l'aurait oublié.

Les jeunes disent que c'est « gênant » quand ils doivent décrire des situations comme celle qui a suivi. J'ai admiré l'indifférence d'Anna à l'idée de ce que Sofie pouvait penser d'être présentée à une inconnue dont elle n'avait jamais entendu parler, et encore plus à une inconnue en chaussettes. Anna a tendu la main et s'est présentée comme une amie de jeunesse. Sofie n'a pas résisté à cette légèreté évidente, simplement parce qu'elle ne pouvait pas vraiment faire autrement. Ma fille peut se montrer assez réservée et n'est pas particulièrement polie lorsqu'elle rencontre de nouvelles personnes, mais cette fois-ci, elle cherchait presque à plaire avec son bavardage. Un peu plus tard, Anna s'est levée, a refermé son ordinateur et a mis ses chaussures. « On s'appelle, je connais le chemin », a-t-elle dit sans m'embrasser sur la joue comme nous en avions pris l'habitude. Cette bise sur la joue avait agi comme une conjuration discrète contre toute idée de reprendre la ferveur du passé, et cette omission m'a fait penser qu'Anna cherchait probablement à m'épargner toute curiosité de la part de Sofie. Bien sûr, c'était en vain, mais cette petite entorse à nos habitudes m'a confirmé indirectement qu'elle devait elle aussi penser au bon vieux temps. « Et c'était qui, elle ? » a demandé Sofie avec un sourire taquin une fois Anna partie. Cela m'a agacé d'être mis d'emblée sur la défensive. « Elle est exactement ce qu'il te faut », a-t-elle répondu à mon démenti un peu vexé. Elle a continué de me regarder avec ce même regard malicieux. « Alors, qu'est-ce qu'il y a ? » ai-je demandé pour changer de sujet. Elle m'avait annoncé au téléphone qu'elle avait quelque chose à m'annoncer. « Ne te fâche pas quand je te le dirai », m'a-t-elle dit. « Je ne suis pas fâché », ai-je répondu, et nous avons ri tous les deux. C'était une blague entre nous. Je lui avais raconté comment, lorsque j'étais à la maternelle, les maîtresses me demandaient toujours si j'étais fâché parce que, depuis ma naissance, je n'ai jamais été très causant. Il est trompeur que les traits de mon visage au repos indiquent le scepticisme, même lorsque mon ciel intérieur est sans nuages. « Allez, vas-y », ai-je dit gentiment. « Tu vas être grand-père », a-t-elle dit doucement. Je me suis levé d'un bond, surpris de pouvoir encore le faire. Lorsque je l'ai serrée dans mes bras, j'ai eu l'impression qu'un mécanisme d'horlogerie immensément grand et lourd se mettait laborieusement en place. Grand-père. La vie continue autrement, et dans des lieux nouveaux. Maintenant, la vie, c'est toi, et j'ai pensé à ma fille que j'avais serrée dans mes bras pendant vingt-sept ans. Entre-temps, elle avait grandi. La pensée suivante m'est venue comme un coup de poignard. Il allait être étrange de devoir lui demander qui était le futur père.

Elle m'a devancé lorsque nous nous sommes finalement lâchés, à retardement, parce qu'aucun de nous ne voulait être le premier à voter gentiment et prudemment contre l'étreinte de l'autre. Nous nous sommes rassis. « Tu n'as même pas rencontré mon petit ami, a-t-elle dit. Mais c'est un peu de ta faute. » Elle avait raison. Eva m'avait appelée en août pour m'inviter à la campagne pour le week-end. Sofie voulait nous présenter son nouveau petit ami, disait-elle. Il aurait été superflu de demander pourquoi il fallait absolument que ça se passe là. Elle m'avait racheté ma part de notre maison de vacances après la vente de la villa. J'avais dû investir le capital obtenu dans un nouveau logement, mais sa mère possédait une propriété à Frederiksberg où il y avait un appartement pour elle. Lorsque la vie quotidienne a repris après les vacances, Eva avait pris l'habitude de rester dans la maison de vacances et de faire l'aller-retour en voiture tous les jours. Les bouchons sur la route de Lyngby étaient un prix qu'elle était prête à payer pour pouvoir se lever avec le coucou et traverser la plantation à vélo pour aller se baigner le matin. Sofie et Frederik, comme s'appelait l'animal, allaient venir passer le week-end, et j'étais attendu le vendredi soir. Eva avait proposé de venir me chercher à la gare de Hillerød pour que je n'aie pas à changer de train. Bien entendu, j'étais le bienvenu pour passer la nuit dans la Cabane, les jeunes pouvant dormir dans une tente la première nuit. Ce sont les choses les plus anodines et les plus périphériques qui font de la peine. La Cabane était une petite annexe, comme nous l'appelions, parce qu'elle avait assez de place pour deux lits superposés et un lavabo qui avaient été laissés par les anciens propriétaires. Avec sa peinture bleue, ses bizarreries et ses craquelures fines comme des toiles d'araignée dans la porcelaine du lavabo, elle dégageait une atmosphère d'hôtel de bord de mer et d'entre-deux-guerres. Un jour, j'ai trouvé une vipère coincée dans le cadre d'une des chaises longues à la toile fatiguée et blanchie par le soleil, que nous placions chaque soir entre le lavabo et le lit superposé. Pourquoi est-ce que je raconte ça ? Parce que cela peut bien faire de la peine, même si l'on est lucide. Lorsque j'ai réalisé que j'étais devenu indésirable, j'ai vite découvert qu'Eva avait en fait été la première à soulever un couvercle que nous avions laissé en place pendant des années par pure habitude, mais aussi par une forme de courtoisie existentielle. Un accord tacite que mon diagnostic lui avait donné le courage de rompre. Je le répète, je ne dis pas cela par amertume. C'est juste que j'ai un peu de mal à l'idée que notre maison de vacances n'est plus la nôtre, mais la sienne. La sensation de l'herbe sèche sous les pieds lorsqu'il n'avait pas plu depuis des semaines, et que je sortais le matin pour réveiller Sofie et lui demander si elle voulait aller se baigner. Eva a doucement écarté les pieds de la chaise longue pour que la vipère tombe sur la pelle que je lui tendais, et Sofie l'a observée avec un mélange de peur et d'admiration, non pas tant pour son courageux père que pour l'altérité concrète de la nature en forme de zigzag. Je l'ai portée jusqu'à la lisière de la forêt et je l'ai regardée se déplacer en un S rapide entre les hautes herbes. S comme sérénité, comme la suavité d'un délice d'été qui passe au soleil et s'ignore avant qu'il ne soit trop tard. S comme Sofie.

J'ai regardé la jeune femme en face de moi, la forme familière de son visage, déjà mûr avec les premières rides et les premiers plis autour des yeux et de la bouche. Je me suis penché en avant et j'ai pris ses mains dans les miennes. C'était comme si une avalanche de petites images lumineuses me traversait dans un flot continu et chaud, si vite que je ne pouvais les déchiffrer, aussi éblouissantes qu'une cascade au soleil de midi. J'aurais dû être là ce vendredi d'août où elle est venue à la campagne avec son Frederik, et le fait que j'aie été excusé en bonne et due forme n'a pas aidé. L'après-midi même, je devais passer un examen à l'hôpital. Cela ne m'aurait pas nécessairement empêché de prendre le train pour Hillerød et d'être récupéré par Eva, afin de les rejoindre pour le dîner sur le coin ensoleillé de la terrasse, là où nous nous étions assis tous les soirs d'été depuis aussi longtemps que Sofie s'en souvenait. J'ai dit à Eva que j'étais généralement un peu affaibli après coup. Elle s'est montrée tout à fait compréhensive, mais m'a demandé ce qu'elle devait dire à Sofie. Cela s'est terminé par un petit mensonge à propos de l'anniversaire d'un ami et je me suis détesté pour ça. Mais pourquoi ne suis-je pas venu ? À cause du coin ensoleillé de la terrasse, à cause de la Cabane où Sofie allait dormir avec son petit ami. À cause de la perspective de me retrouver comme un invité dans le territoire évacué des souvenirs familiaux. Je n'arrivais pas à savoir ce qui aurait été le pire : avouer la vérité à ma fille ou lui parler de ma maladie. De toute façon, ce n'était pas gagné d'avance, et ce n'était pas une raison pour lui gâcher sa joie innocente de pouvoir offrir à son futur enfant une grand-mère et un grand-père qui étaient peut-être divorcés, mais qui étaient tous les deux mobiles. J'ai fini par dire : « Eh bien, ça a été rapide. Et je me suis empressé d'ajouter : Mais ce n'est pas du tout une critique. On ne peut pas vraiment dire que, ta mère et moi, nous avions fait un galop d'essai avant de nous lancer. » Sofie a souri gentiment devant la bêtise du choix de mes mots.

Ce n'était même pas un mensonge. Eva était tombée enceinte moins de six mois après notre rencontre. Entre deux échéances, en quelque sorte. Je venais de devenir directeur de la création à l'agence, ma vie d'adulte se mettait en place, en fait, la seule chose qui me manquait, c'était une famille. J'en avais assez d'errer dans la ville, assez de chercher à me souvenir du nom du nouveau visage à côté duquel je m'étais réveillé, avec la gueule de bois. J'en avais assez de ma jeunesse, et aussi de devoir me justifier de cette jeunesse. Quand je traînais dans un bar après minuit, je tombais souvent sur quelqu'un que j'avais connu à l'époque de mes études de philosophie, et où j'allais devenir poète. C'était moi qui payais des tournées, mais j'étais toujours sur la défensive face à leurs questions inquisitrices ou à leurs remarques condescendantes sur le métier que j'avais choisi. À leurs yeux, je m'étais vendu, et j'ai dû renoncer à leur expliquer qu'il n'y avait plus rien à vendre. Que la source s'était tarie, qu'il ne restait plus que mon talent plus ou moins grand, mais en soi insignifiant, et la tâche qui incombe à chacun de subvenir à ses besoins du mieux qu'il peut. Je me suis bien gardé de le dire. Ce n'est que poussé dans mes retranchements que je me suis surpris à demander s'il était plus intègre d'être subventionné par l'État pour écrire des livres que personne ou presque ne voulait lire. J'avais acquis la réputation d'avoir glissé à la droite de Gengis Khan. J'étais devenu le genre de personne à qui l'on prouvait sa grandeur d'esprit en prenant la peine de lui parler, et j'en avais assez de tout cela. Au même moment, j'avais rencontré Eva.

Il y a des années où l'on se sent tellement vivant que l'on ne pense pas que cela finira un jour. Ce n'est pas ça, la jeunesse. La jeunesse est grise, c'est une toile d'araignée, tissée de perspectives, de projets fumeux et de rêves sans consistance. Oui, on est comme une araignée quand on est jeune, on tisse et on tisse en attendant la vie, tout est gris dans la tête à force de rêver. On a tellement parlé de son avenir au pub en compagnie d'autres araignées, sans cesser de tisser et encore tisser. Tout gris à l'intérieur, à force de se demander qui l'on est vraiment, en son for intérieur. La vie commence seulement lorsque quelqu'un arrache les toiles d'araignée et écrase l'araignée intérieure. Lorsque l'on se réveille soudain parce que l'on regarde le visage d'une inconnue et que, pour une raison ou une autre, à ce moment précis, face à ce visage étranger, on se dit que cela pourrait être elle. Pour la première fois, on n'est pas seulement une toile d'opinions et de croyances, avec elle, on est quelqu'un, la vie est simple et sans limite, et l'on croit qu'elle ne s'arrêtera jamais.

Parce que tout ce que j'avais derrière moi était tellement étranger à Eva, je pouvais alors me sentir tout neuf dans ma propre vie. Je ne pouvais soudain plus supporter l'idée qu'Eva apprenne à me connaître dans l'environnement où avait vécu mon ancien moi, la tête lourde d'ambitions boursouflées. Entre-temps, j'avais gagné de l'argent, je pouvais me permettre d'améliorer ma situation, et nous ne nous connaissions pas depuis très longtemps lorsque nous avons commencé à passer des week-ends à visiter des maisons à vendre, d'abord pour s'amuser. Nous lisions les rapports des géomètres et interrogions les agents immobiliers sur tous les sujets, des conduits de cheminées aux écoles en passant par les commerces. Nous avions fini par acheter une maison de 1910 avec un peu trop de points négatifs sur le rapport de l'expert, uniquement parce qu'elle ressemblait vaguement à une villa de l'arrière-pays de Venise qu'Eva avait vue dans un film. Nous étions au début du mois de juin, mais il faisait déjà chaud lorsque nous étions entrés dans la maison pour la première fois après la signature de l'acte. Nous n'avions rien dit en faisant le tour des pièces vides. Nous n'avions pas vu la maison sans les meubles et les affaires du vendeur, et je me souviens de m'être senti comme un intrus, même si nous avions la clef. Je pense que nous avons tous les deux pensé que le silence venait sceller quelque chose de nouveau, une nouvelle chose que l'on n'a pas encore utilisée. Le voile sans tache autour de l'inconnu dans lequel nous pénétrions pour la première fois, la vie inconnue que nous allions vivre ici. Eva m'avait précédé dans l'escalier menant à l'étage et je l'avais suivie dans le couloir jusqu'à la chambre du fond, orientée à l'ouest, où le soleil pénétrait à flots. Elle s'y était arrêtée, elle avait fermé les yeux, et j'avais vu qu'elle restait là, à attendre, en écoutant le parquet grincer légèrement sous mes pieds. Il faisait terriblement chaud dans la chambre, car le soleil avait brillé depuis des heures à travers les fenêtres fermées. Le plancher était dur et poussiéreux, et je n'arrêtais pas de penser que quelqu'un pourrait venir. Je n'arrêtais pas d'y penser, même si c'était désormais notre maison.

« Frederik se réjouit de te rencontrer », a dit Sofie. J'ai noté l'expression un peu formelle, « se réjouit de », et j'ai dû lutter contre mon soupçon spontané que c'était juste une formule de politesse qu'elle avait dite. Mais pourquoi Frederik ne serait-il pas content de rencontrer son beau-père ? Il devait se demander pourquoi les semaines et les mois s'étaient écoulés sans que le père de Sofie, plutôt distant, prenne l'initiative. Bien sûr, Sofie et lui auraient pu m'inviter, mais ils étaient probablement trop occupés, et j'avais pris soin de ne pas en faire toute une histoire. Pour être honnête, je n'y avais pas beaucoup réfléchi non plus. Bien sûr, je ne l'aurais jamais admis si quelqu'un avait eu l'idée de me poser la question. À mes propres oreilles, cela ressemblait à une tentative de faire diversion lorsque j'ai demandé à Sofie s'ils savaient si c'était un garçon ou une fille. Elle a secoué la tête. « Nous ne voulons pas savoir », a-t-elle dit. J'ai répondu que je comprenais. « Ta maman et moi ne voulions pas savoir non plus », ai-je dit en repensant à ce jour de fin d'été où Eva et moi avions rendu visite à la sage-femme pour la première fois. De toute façon, ce serait une surprise de découvrir qui ce serait, avait-elle répondu lorsque la sage-femme avait proposé de nous indiquer le sexe de l'enfant. J'ai cité les paroles d'Eva lorsque j'ai fait un discours pour la confirmation de Sofie. Ce n'était pas une fille que nous attendions, mais Sofie. « Pour nous, c'est différent, a déclaré Sofie. Bien sûr, chaque enfant est doté d'une personnalité unique, a-t-elle poursuivi, mais il y a plus important que le sexe. » J'étais surpris que, selon sa description, la personnalité fasse partie de l'équipement de l'enfant, c'est-à-dire qu'elle soit quelque chose de secondaire, mais je me suis retenu dans mon penchant pontifiant à couper les mots en quatre. Le fait qu'elle ait prononcé le mot « *u*-ni-que » en mettant l'accent dessus m'a également fait tiquer. Elle ne tient pas cela de moi.

« De quoi parlons-nous vraiment lorsque nous parlons de genre ? » dit-elle. Le ton de sa voix a pris un caractère insistant. « Tout le monde sait maintenant que le genre est une construction sociale », a-t-elle poursuivi, ajoutant que leur enfant ne devait pas être enfermé dans une case binaire avant même d'être né. Frederik et elle avaient beaucoup parlé de la façon d'éviter d'imprégner le bébé de stéréotypes de genre et de toute la normativité qui en découle. Ce n'était pas un reproche, mais le fait même que je pose la question pouvait être perçu comme l'expression d'une attente tacite, comme si la personne qui posait la question avait une préférence et espérait au fond d'elle-même que ce serait l'un ou l'autre. Pourquoi se donner la peine de demander si la réponse n'a pas d'importance, dans le sens où elle sera valable dans tous les cas ? Elle a soutenu mon regard, et je n'ai pas osé l'éviter. C'était comme être pris dans le faisceau d'un projecteur. J'avais beau essayer d'échapper au cercle de lumière vive, le faisceau me suivait, il n'y avait pas d'échappatoire. Pourquoi se donner la peine de demander si la réponse n'a pas d'importance, dans le sens où elle sera valable dans tous les cas ? Elle a soutenu mon regard, et je n'ai pas osé l'éviter. C'était comme être pris dans le faisceau d'un projecteur. J'avais beau essayer d'échapper au cercle de lumière vive, le faisceau me suivait, il n'y avait pas d'échappatoire. « D'accord, ai-je dit, il y a juste une chose que je ne comprends pas. » Elle a hoché la tête d'un air encourageant, avec une volonté superbe de se laisser défier. « Il est bien question de libération, n'est-ce pas ? Si on ne veut pas être enfermés dans des modèles et des catégorisations préexistants parce qu'ils semblent oppressifs, ai-je dit, alors quel est l'intérêt d'inventer d'autres cases que les deux qui existent déjà ? Si M et F sont normatifs et oppressifs avec toutes leurs attentes traditionnelles sur la façon de se comporter, pourquoi tout ce nouvel alphabet de variations suivi d'un signe plus ? Ne peut-on pas simplement être la personne que l'on est, avec la personnalité que l'on a, sans sigle ou préfixe ? » Son visage était aussi immobile qu'un masque pendant que je parlais. Aussi figé que le mien l'est malheureusement devenu. Ce n'était pas la première fois que je devais m'abstenir de deviner les pensées de ma fille, mais il y avait une différence. Chez l'adolescente, le visage impassible et provocateur avait agi comme un bouclier derrière lequel elle se cachait parce que même mes tentatives d'empathie et de me mettre à sa place étaient comme une invasion de son tout nouveau moi d'adulte si fragile. Maintenant, ce n'était plus elle que le masque protégeait, c'était moi. C'est du moins ce qu'il semblait, car en l'absence de contact, j'étais renvoyé à mes attentes négatives. Je me suis dit qu'elle pensait ceci : cet homme vieillissant, aveugle aux privilèges, hétéronormatif et micro-agressif est mon père. Par honte et parce qu'elle était mon invitée, elle s'est sentie obligée de me laisser parler, mais j'ai perçu que je m'éloignais de plus en plus d'elle. Il était trop tard pour me rattraper.

J'ai dit que depuis que j'étais adulte, la tendance était à une plus grande liberté pour chaque personne d'être l'individu qu'il était, tant que l'on ne limitait pas pour autant la liberté des autres individus. Si la démocratie avait un aspect existentiel, disais-je, c'était qu'aucune identité de groupe innée ne devait être autorisée à définir l'individu, parce que chaque individu était libre de se définir lui-même. C'est pourquoi cela me semblait tellement désolant que, au lieu de déployer sa libre individualité, l'identité soit d'abord réduite à une question de genre. Puis qu'elle soit réduite à l'appartenance à tel ou tel groupe au sein de la balkanisation des politiques de genre, des fractions qui invoquaient désormais, au nom de chaque groupe, la demande de reconnaissance, de respect et de considération particulière d'un groupe ou d'un autre. Et, sans me retenir, j'ai ajouté qu'il y avait toute la question de la sexualité. Où était-il écrit que la préférence sexuelle était la chose la plus importante pour chacun, l'aspect le plus déterminant de son identité ? Qu'en était-il des aspirations ? Qu'en était-il des valeurs qui nous guident ? Qu'en était-il des croyances ? Je me suis arrêté, et elle n'a pas riposté, conservant toujours son masque d'indulgence immobile. C'était presque pire que si elle m'avait déconstruit jusqu'aux chaussettes. J'étais son père, j'allais être le grand-père de leur bébé non binaire. Et puis, je me faisais vieux. Une considération alignée sur l'autre, la conversation entre nous ne serait jamais celle d'égaux. Nous pourrions nous amuser, je pourrais aller chercher l'enfant à la maternelle et peut-être même être autorisé à emmener mon petit-enfant au zoo, même si les animaux qui s'y trouvaient exhibaient sans vergogne leurs organes génitaux innés, déterminés par le chromosome, mais tout ce que je dirais serait utilisé contre moi ou excusé par la combinaison malheureuse de mon sexe et de mon âge.

Après son départ, je me suis effondré dans un fauteuil. J'ai revécu les minutes qui ont précédé le moment où, devant la porte d'entrée, je l'ai regardée disparaître sur le palier en dessous de mon étage. De son côté, après des efforts et en prenant sur elle, elle avait fini par se dire qu'il fallait passer à autre chose. Je ne l'avais pas vue depuis longtemps et elle était venue de son propre chef parce qu'elle avait quelque chose d'important à me dire. Elle attendait son premier enfant et je n'avais jamais rencontré le père parce que c'était trop délicat pour moi, trop difficile pour mon amour-propre que d'être invité dans ce qui était autrefois ma propre maison de vacances. Elle m'avait dit qu'ils ne savaient pas si c'était une fille ou un garçon, elle m'avait expliqué pourquoi ils ne voulaient pas le savoir et, au lieu de la laisser afficher son adhésion à l'esprit du temps sans faire de commentaires, je m'étais lancé dans une controverse contradictoire sur la vision totalitaire de la politique du genre, tel le vieux bonhomme que j'étais apparemment devenu. J'avais choisi de râler plutôt que de saisir la chance d'être proche de ma fille dans un moment que nous aurions dû considérer tous les deux comme l'un de ceux où l'attachement mutuel surmonte tous les malentendus et guérit toutes les déceptions qui peuvent gâter l'atmosphère entre les parents et leurs enfants adultes. Mon Dieu, elle était venue partager son bonheur, me suis-je dit, me sentant malheureux, gris et pathétique. J'ai essayé d'appeler Anna, mais ça sonnait occupé. J'ai réessayé. Finalement, j'ai décidé d'aller la voir, j'avais également besoin d'air. La nuit tombait déjà et il y avait du vent dans Østerbrogade. Une jeune femme est sortie d'un magasin, sans manteau, et a remis en place un panneau publicitaire que le vent avait renversé sur le trottoir. À peine est-elle rentrée que le panneau est retombé. Un véritable peloton de cyclistes aux phares allumés venait dans ma direction, les visages changeant dans le crépuscule, des jeunes, des moins jeunes et des plus jeunes du tout. Certains rentraient chez eux pour une soirée en famille, d'autres éprouvaient le soulagement d'être enfin loin de chez eux, ou d'avoir abandonné le rêve usant de trouver un jour quelqu'un avec qui l'on pensait que c'était pour toujours.

Tant que Sofie était petite, c'était le temps du toujours. Avec un peu de chance, cela dure toujours une bonne dizaine d'années, puis l'éternité de la vie quotidienne fait place à l'autrefois. Tu te souviens ? La fois où Sofie a eu ses dents, ou la fois où elles sont tombées. La fois où elle est rentrée à la maison avec son premier emploi du temps scolaire dans un cartable tout neuf et rigide qui a longtemps senti le cuir. La fois où elle est rentrée de sa première fête et où elle a vomi sur le tapis en jonc de mer de l'escalier, si bien que, malgré des seaux d'Ajax, le hall d'entrée a senti pendant des mois. L'avantage qu'Eva et moi soyons devenus parents si rapidement, c'est qu'aucun de nous n'a eu le temps de se demander si c'était vraiment juste que cela devait être elle, que cela devait être moi. Nous aurions pu le faire, précisément parce que cela s'était passé si vite, mais nous ne l'avons pas fait, et c'est devenu superflu. Nous n'avons pas eu à nous demander quel était le sens de tout cela, car nous nous sommes réveillés tous les jours avec lui. Au début, ce sens se réveillait même avant nous avec une couche pleine, un grand sourire, une faim à satisfaire, un désir d'attraper et d'apprendre, de courir vers sa journée et de jouer. Le sens avait un visage et un nom, une multiplicité de besoins, de particularités et d'humeurs. Le sens a grandi et grandi jusqu'à ce qu'il n'ait plus besoin de grandir parce qu'il avait trouvé son propre sens et sa compréhension de sa destination et du pourquoi. Lorsque Sofie a été prête à quitter la maison, notre vie, à Eva et moi-même, était depuis longtemps devenue une entreprise commune. Plus tard, j'ai compris que j'avais dû penser, ou plutôt juste supposer, d'une manière tacite et naïve, que c'était le cas entre nous. Ce n'est que lentement et à contrecœur que j'ai réalisé qu'Eva avait dû commencer à formuler bien avant moi la question que l'apparition précoce de Sofie avait rendue superflue. Pourquoi nous, oui pourquoi, maintenant que nous n'étions plus une famille au sens pratique, avec cette abondance bienheureuse de corvées, de tâches et d'objectifs ? Lorsque j'ai réalisé qu'elle avait dû se poser une telle question, j'ai dû admettre que j'aurais pu me la poser aussi. On ne pouvait pas lui reprocher d'avoir été la première à s'interroger. Elle en était simplement venue à remettre en question, comme on dit, ce qui allait de soi pour moi et pour elle depuis des années, et lorsqu'un tel signe est appuyé contre la porte d'entrée, lorsqu'il commence à peser de tout son poids, aucune évidence ne peut résister à la pression à long terme.

Je ne sais pas pourquoi il faut toujours dire ces choses-là un dimanche. Plus tôt dans ma vie, je choisissais le jour de repos pour me retirer d'une relation ou d'une autre. Certains dimanches peuvent être tellement vides et les petits pains n'avoir alors aucun goût. Eva et moi avions l'habitude de faire la grasse matinée, mais quand je me suis réveillé, le lit à côté de moi était vide, son oreiller était bien plat et sa couette soigneusement pliée sur les côtés. C'était quelques mois après le diagnostic. Je pouvais encore me réveiller et l'avoir totalement oublié. J'ouvrais les yeux dans l'attente joyeuse d'un jour nouveau, et vierge. Lorsque je me souvenais enfin de la maladie, c'était comme si j'apprenais la nouvelle d'une guerre sur un autre continent. Mon corps était encore un ami fiable et familier, pas l'adversaire que j'affronte aujourd'hui. Lorsque je suis entré dans la cuisine, Eva était assise tout habillée à la table déjà dressée. Elle avait dû se lever tôt, car elle avait eu le temps d'aller à la boulangerie en voiture. Le café était fraîchement préparé, elle m'avait entendu lorsque j'étais allé dans la salle de bains. Quelques jours plus tôt, elle était allée chez le coiffeur et elle s'était fait faire une coupe courte avec une frange. Je ne savais pas quoi en penser, mais je voyais maintenant que cela lui allait bien. La coiffure mettait en valeur ses joues rondes et son long cou, et j'avais envie de la toucher, mais elle ne semblait pas d'humeur. « On pourrait parler un moment ? » a-t-elle demandé brusquement. Je venais à peine de m'asseoir. Elle avait toujours eu un sens aigu du rythme de la conversation, de l'intonation juste. Elle m'a regardé. Ses cheveux noirs et son teint rond et clair avaient quelque chose de somptueux. Elle était parfaite, mais son goût sûr et sa maîtrise bourgeoise n'avaient jamais été un carcan pour l'autre côté d'elle-même qui ne demandait qu'à s'éclater et à se laisser aller. Au début, j'avais été assez submergé et il m'était arrivé de me sentir pris à contre-pied par son appétit débridé. Heureusement pour moi, elle s'était amusée à secouer le pisse-froid qui était en moi. En cet instant, son corps généreux était habillé et boutonné à la table du petit déjeuner, où il ne manquait rien. « Oui, on peut bien », ai-je répondu, déjà anxieux. Elle a hésité encore un peu avant de se lancer. Elle a réussi à aligner plusieurs phrases avant que je ne commence à saisir ce qu'elle essayait de me dire. Elle ne pouvait pas continuer comme ça. Elle a soutenu mon regard après l'avoir dit. Je voyais que ses grands yeux magnifiques savaient que j'avais compris. J'ai répondu que c'était plutôt moi qui étais destiné à continuer comme ça, puisque j'étais forcé de rester dans mon putain de corps pour le reste de ma vie, courte ou longue. Elle a contemplé le poirier. Autrefois, la cabane de jeux de Sofie se trouvait sous le poirier, jusqu'à ce que nous nous mettions d'accord pour la démolir sans états d'âme et semer de l'herbe sur la parcelle de terre dénudée. Elle a dit qu'elle avait commencé à y penser bien avant que nous ne réalisions que j'étais malade. Bien sûr, elle ne pourrait jamais le prouver. Je pourrais toujours l'accuser d'être partie à cause de la maladie. Elle ne pouvait douter de l'effet que son regard avait toujours eu, mais elle y a renoncé. Je pouvais la regarder et penser ce que je voulais.

J'ai eu l'impression de trébucher dans le vide en m'entendant répondre que jamais je ne l'accuserais de cela. Elle m'a regardé à nouveau, anxieusement, comme si j'avais dit le contraire. Pour prouver que je le pensais vraiment, j'ai continué à dire que je la croyais. J'ai même menti en disant que depuis un certain temps, j'avais remarqué qu'elle avait commencé à se retirer. L'avais-je vraiment senti ? Son ton était feutré, presque intime. Je me suis dit que cela faisait longtemps que nous n'avions pas parlé ainsi. C'était étrange de me sentir si proche d'elle et, en même temps, d'être obligé d'accepter malgré moi le constat qu'elle s'était déjà détachée puisqu'elle pouvait me parler comme ça. J'ai regardé autour de moi les meubles et les objets familiers de notre maison qui était maintenant sur le point d'être démantelée. C'était de ma faute, c'étaient mon entêtement et mes absences, l'inertie atrocement rétive de ma personne qui l'avaient alourdie au point que toute intimité et toute légèreté s'étaient évaporées, et elle était même trop délicate pour me le rappeler parce que la maladie était apparue. Elle m'a dit qu'elle avait fait tout ce qu'elle pouvait pour cacher ce qu'elle ressentait. « Je me suis sentie tellement seule à l'intérieur, alors que tu étais juste à côté de moi. » Elle m'a pris la main. « J'ai ressenti la même chose », ai-je répondu. « Vraiment ? » J'ai acquiescé d'un air grave et je l'ai regardée dans les yeux. Je n'ai pas dit que j'avais toujours ressenti cela, quelle que soit la personne avec qui je me trouvais, et que je considérais la chose comme un présupposé de l'existence, si je puis me permettre de monter ainsi sur mes grands chevaux. Dans les semaines qui ont suivi, je me suis demandé pourquoi j'avais été jusqu'à mentir pour satisfaire son désir de départ sans avoir à se reprocher quoi que ce soit. Je devais me corriger moi-même, non pas parce que j'avais menti, mais pour ne pas regretter d'être venu à son secours de cette manière. Je devais essayer de garder la tête froide. Ni elle ni moi ne pouvions savoir à quel point ma maladie avait eu une influence décisive sur sa décision. J'ai réalisé trop tard que, pendant des années, j'avais négligé de lui donner des raisons de ne pas se sentir seule à l'intérieur, même lorsqu'elle m'avait à ses côtés. Je me suis souvenu trop tard des signaux qu'elle avait émis, de ses cris de détresse, si l'on veut, mais je n'étais pas allé aussi loin lorsque, ce dimanche-là, nous avons débattu de la cause du décès. En revanche, j'ai su spontanément que je ne voulais pas être sa victime. Lui reprocher de m'avoir quitté alors que les médecins avaient rendu leur verdict reviendrait à me mettre dans le cercueil et à fermer le couvercle moi-même. Alors que je voyais ma liberté s'amenuiser, cela ne m'avancerait pas de lier l'image que j'avais de moi-même à l'idée pitoyable qu'elle m'avait laissé tomber.

Mon téléphone a sonné alors que j'avançais péniblement avec le vent violent de face dans Østerbrogade. Pendant une seconde, je me suis demandé si le vent serait assez fort pour me faire décoller du trottoir et m'aspirer au-dessus de Trianglen et au-delà, pour que je puisse contempler Nordre Frihavnsgade, la tranchée de la voie ferrée et Nordhavn, en tourbillonnant au-dessus des bassins en effervescence et des grands immeubles sans obligation de résidence. J'ai imaginé comment les nouveaux arrivants me verraient passer devant les fenêtres, les cheveux en arrière, se confirmant mutuellement que la ville était bien vivante. Je me suis réfugié dans l'embrasure d'une porte et j'ai répondu sans regarder qui appelait. C'était Eva. J'ai protégé le téléphone d'une main et j'ai réussi à dire bonjour avant que la porte de l'immeuble ne s'ouvre dans mon dos. Je me suis retourné, une vieille dame m'a regardé d'un air méfiant. « Vous entrez ? » m'a-t-elle demandé. Je l'ai remerciée et je me suis avancé dans l'entrée, tenant toujours le téléphone à l'oreille et en lui tenant la porte. « Qu'est-ce qui se passe ? » a demandé Eva. « Il y a du vent », ai-je répondu. La porte de l'immeuble s'est refermée et le silence s'est fait dans cette entrée inconnue. « Je veux dire qu'est-ce qui se passe avec Sofie ? » a-t-elle déclaré. La lumière s'est éteinte, mais dans la lueur bleue qui traversait les vitres de la porte de l'immeuble, j'ai pu distinguer les noms des résidents. C'était l'un de ces panneaux avec un cadre en acier et une façade vitrée que l'on trouve encore dans certains endroits, avec un fond noir et des encoches, où le gardien avait composé les noms des résidents avec des petites lettres d'imprimerie en plastique blanc qui venaient autrefois avec le panneau. Je me suis dit que c'était tout un travail, étant donné le caractère de plus en plus éphémère du monde, que de dévisser le panneau, d'enlever la vitre, de retirer les lettres de leurs encoches et de les réassembler pour former un nouveau nom, en les complétant éventuellement par d'autres lettres de la boîte, chaque fois que quelqu'un mourait ou déménageait et qu'un nouveau résident s'installait. Eva avait parlé à Sofie, ou plus exactement, Sofie l'avait appelée, en larmes. J'ai songé au nombre de fois où, au fil des ans, j'étais passé devant cet immeuble, en voiture, à vélo, en bus, à pied, sans jamais avoir eu l'occasion d'y entrer et de remarquer les marbrures des murs jaunes ou le gros interrupteur en bakélite. Miraculeusement, il avait survécu au remplacement et au renouvellement permanent et incessant de tout. Comment ça, en larmes ? Je me sentais doublement étranger dans cet immeuble parce qu'il se trouvait dans le quartier de la ville que je connaissais le mieux. « Elle était vraiment bouleversée », a déclaré Eva sur ce ton que je ne connaissais que trop bien. J'ai commencé à m'expliquer avant même qu'elle ne soit lancée. « C'est typique, il faut toujours que tu te justifies », a dit Eva. Son ton était amical mais résigné. « Tu n'aurais pas pu l'écouter sans faire de commentaires pour une fois ? Essaie de penser qu'elle est un peu sensible, surtout que c'est son premier enfant. » Ses paroles ont fait vibrer un coin de l'entrepôt de notre histoire, où les lumières sont rarement allumées. Là, les tubes fluorescents ont clignoté un instant, puis tout a été éclairé dans son irréversibilité confuse. Surtout que c'est son premier enfant.

Au moment où Sofie a appris à marcher, j'ai commencé à la considérer comme la première. La villa était assez grande pour qu'un frère ou une sœur ait aussi sa propre chambre mais, entre-temps, Eva était devenue directrice adjointe d'un département des ressources humaines, avec une promotion en vue. Ce n'était pas forcément un obstacle, elle le reconnaissait elle-même, mais elle s'était tout de même mis en tête qu'une nouvelle grossesse freinerait sa carrière. Pendant quelques années, il s'est agi d'attendre, quand je me hasardais à poser la question. Lorsque ces années ont passé et qu'elle est devenue membre du conseil d'administration, la question initiale a été remplacée par la question de savoir si elle n'était pas trop vieille. Sofie était et est restée une enfant unique, seule à capter toute l'attention que nous lui portions. Elle était particulièrement attachée à Eva, c'était très naturel, une telle relation fusionnelle mère-fille. Comme je me le disais à moi-même et, dans les moments de faiblesse, comme je le confiais à Eva, il fallait bien quelqu'un pour les immortaliser ensemble en photos et en vidéos, dans la maison de vacances, à Tivoli, avec des bonnets de Père Noël et des tabliers, des rouleaux à pâtisserie et de la pâte pour faire des sablés. Ce n'est que parce que les photos et les vidéos existaient qu'il était avéré que j'avais été là, moi aussi. Cet attachement a duré jusqu'à ce que Sofie se rebelle, bien sûr. Le havre de l'amour est un gymnase où l'on transpire, où l'on s'entraîne avec l'être aimé, et Eva a pris de nombreux coups. Sofie les a surtout portés sur son point faible. Pourquoi avait-elle été privée d'un frère ou d'une sœur ? Pendant un certain temps, j'ai été son confident alors qu'Eva recevait son seau de merde quotidien, et je n'étais pas libre d'étaler ma loyauté. J'ai expliqué à Sofie qu'il y avait encore trop peu de femmes dans les conseils d'administration et qu'il incomberait à sa génération de faire en sorte que carrière et soin parental ne soient pas en conflit. Ai-je utilisé ce mot, soin parental ? Je ne m'en souviens pas. Je ne me souviens pas non plus quand ni comment j'ai repris ma vieille deuxième place dans le classement de l'amour, en tant que témoin le plus proche et le plus complice de l'intimité entre les deux femmes de ma vie.

« Elle dit que tu n'as pas bronché quand elle t'a annoncé qu'elle était enceinte », a dit Eva. « Eh bien, si, je l'ai prise dans mes bras », ai-je dit, constatant par moi-même à quel point ma position était déjà indéfendable, simplement parce que je me défendais. « Pourtant, c'est ce que l'on doit faire », a dit Eva. « Mais, enfin, tu sais bien pourquoi mon visage est crispé, ai-je dit. Tu as été la première à me lire tous les symptômes lorsque le diagnostic a été posé. » Je me souviens qu'elle avait semblé presque triomphante quand elle me lisait à haute voix ce qu'elle trouvait sur les différents sites web. Ce n'était pas juste, et j'avais eu envie de lui demander pourquoi elle avait besoin d'être aussi entière dans sa volonté de détailler les faits. Mais je n'avais pas posé la question. « Tu sais que je n'ai pas le droit de lui dire pourquoi tu as l'air si dur, a dit Eva. On croirait que tu ne ressens rien si on ne te connaissait pas. » Dans la pénombre de cette entrée d'immeuble inconnue, j'aurais presque souhaité qu'elle trahisse ma confiance et dise à Sofie comment j'allais. « Je pense que tu devrais les inviter chez toi un de ces jours, elle et Frederik, a poursuivi Eva. Et comme ça, ils pourront aussi rencontrer ta petite amie. Sofie était très déçue qu'elle ait pris la porte comme ça. » Je ne savais pas quoi répondre. Comme d'habitude, Eva s'est facilement glissée dans mon espace sans que j'aie la présence d'esprit de lui barrer la route. J'étais encore tellement habitué à ce qu'elle se faufile sans effort derrière ma pudeur timide. Dans un mariage, cela s'appelle de l'audace, après la dissolution du mariage, cela s'appelle du toupet. Pourquoi ne pouvais-je pas apprendre à défendre mes limites ? La lumière s'est allumée dans l'entrée et des pas ont retenti dans l'escalier. J'ai dit qu'il fallait que je raccroche. Alors que je marchais vers le croisement au bout de Sortedams Sø, j'ai repensé pour la première fois depuis longtemps à la conversation que j'avais eue avec Sofie le lundi qui avait suivi ce dimanche-là, quand Eva m'avait annoncé qu'elle voulait divorcer. J'avais annulé une réunion et j'étais resté à la maison. Eva était allée travailler comme si de rien n'était. J'étais assis à la table de la salle à manger avec mon ordinateur quand j'ai entendu que l'on ouvrait la porte d'entrée. J'ai d'abord pensé que c'était Eva qui rentrait, peut-être pour revenir sur sa décision ou simplement pour voir comment j'allais. Sofie a été surprise de me voir sortir dans le couloir, elle venait juste chercher des affaires qu'elle avait au grenier. Je lui ai demandé si nous pouvions discuter et je lui ai raconté ce qu'Eva avait décidé. Elle m'a interrompu en disant : « Je sais bien. » Je lui ai demandé ce qu'elle voulait dire. « Rien, a-t-elle dit, enfin, si… » Elle ne pouvait pas revenir sur ses paroles, alors elle m'a dit aussi simplement et brièvement que possible qu'Eva lui avait fait part de notre décision. « Notre décision ? Et quand ça ? » ai-je demandé. « Oh, je ne me souviens pas, mais cela ne doit pas faire plus de deux ou trois mois. »

Anna se tenait sur le seuil de sa porte lorsque l'ascenseur s'est arrêté à son étage. « C'est bien que tu sois venu, a-t-elle dit doucement. La police vient d'appeler, Jan a disparu. Personne n'a eu de ses nouvelles depuis deux jours. » Nous sommes allés dans le salon, elle a pris son téléphone sur une table. « Je ne voulais pas t'en parler parce que je pensais que c'était tellement… Il m'a envoyé ça ce matin. » Elle m'a tendu son téléphone. Au début, je n'ai pas réussi à voir où la vidéo avait été prise, puis j'ai reconnu le son de l'enceinte des jeunes qui fumaient de l'herbe sur le Dronning Louises Bro. J'ai ensuite reconnu sa parka verte. Ma propre silhouette m'est apparue plus étrangère. On nous voyait de loin, de dos, côte à côte, devant la sculpture d'une jeune femme et d'un jeune homme qui se tenait la tête entre ses mains. La vidéo s'est arrêtée au moment où Anna s'est tournée vers moi et que le soleil de l'après-midi est tombé sur son visage.

Anna n'avait pas su quoi dire lorsque l'inconnu au téléphone lui avait demandé si Jan pourrait envisager de mettre fin à ses jours. Elle avait dit que c'était un battant, et il n'avait jamais montré de signes de dépression. Mais compte tenu de la pression qu'il subissait en public ? Il avait cessé d'envoyer des SMS ou de laisser des messages. Apparemment, il avait renoncé à lui parler et elle n'avait plus aucune idée de son état d'esprit. Elle ne m'avait pas montré la vidéo sur le Dronning Louises Bro parce qu'elle craignait que je me sente intimidé. Il avait dû l'attendre près de la porte de son immeuble et l'avait suivie jusqu'au Sortedams Sø. Il avait marché derrière nous, à bonne distance, peut-être avec des lunettes de soleil et une casquette, peut-être s'était-il laissé pousser la barbe pour ne pas être reconnu. Le policier lui a dit que Jan avait habité pendant quelques mois chez son vieil ami, le directeur des programmes, qui avait divorcé lui aussi. Le divorce d'Anna et de Jan n'avait pas encore été prononcé, car l'avocat de ce dernier n'avait pas répondu aux demandes de l'avocat d'Anna concernant le partage des biens. Le responsable des programmes avait déclaré à la police que

Jan et lui avaient convenu de dîner ensemble la veille au soir. Jan n'était pas rentré chez lui et n'avait pas donné de ses nouvelles. Anna a dit à l'officier de police qu'il pouvait s'être rendu à leur maison de vacances à Skiveren. Elle lui a donné l'adresse. Le policier a rappelé peu après mon arrivée. Ses collègues de la police du Nordjylland étaient passés, mais Jan n'était pas là et il n'y avait aucune trace de son passage. Elle a demandé comment ils pouvaient le savoir. Le policier a répondu qu'il avait neigé dans le Nordjylland et que la neige était intacte depuis plusieurs jours. Elle a demandé s'ils avaient vérifié les mouvements sur le compte bancaire de Jan. Il a répondu qu'il fallait une commission rogatoire. « Alors, demandez-en une », a-t-elle dit en mettant fin à l'appel. Elle a mis son téléphone en mode silencieux alors qu'il commençait à sonner à intervalles rapprochés. À tour de rôle, les journalistes ont laissé des messages sur sa boîte vocale. Dans l'après-midi, les éditions en ligne des journaux ont publié l'article. Jan Maas a disparu. Un ami craint un suicide. L'un des journaux a parlé à Clara Friis. Elle espérait qu'il était sain et sauf et, s'il lisait ces lignes, qu'il sache qu'elle était passée à autre chose. Anna était debout, les bras croisés, et regardait l'écran ouvert sur son bureau. Le titre était composé en noir sur fond jaune : « Maas pardonné ». Il m'a fallu quelques secondes pour me rendre compte qu'elle avait les larmes aux yeux. Je me suis approché d'elle et je l'ai serrée dans mes bras. « D'abord, il l'a violée, a-t-elle marmonné dans mon pull. Ensuite, il l'a fait renvoyer parce qu'elle n'était pas d'accord pour transformer une agression en une passion où elle s'est retrouvée enceinte. Et maintenant, bon sang, on doit tous s'inquiéter pour lui. »

Nous avons essayé de parler d'autre chose, mais Jan était

toujours présent, comme une inquiétude que nous ne pouvions pas supprimer. Sa disparition était un trou invisible dans lequel l'air froid s'engouffrait. Ce n'était peut-être pas la seule fois où il était resté dans la rue, près de la porte de son ancien immeuble, à guetter qu'Anna ne sorte de chez elle. Mais, dans ce cas, ne se serait-il pas manifesté ? Peut-être avait-il eu l'intention de la rattraper, de lui parler, de faire en sorte qu'elle l'écoute le jour où il l'avait suivie jusqu'aux Lacs, mais il l'avait vue rencontrer un inconnu. Nous avons convenu d'aller nous promener et de faire quelques courses. J'ai été le premier à franchir la porte de l'immeuble. J'ai eu le temps de me retourner et de faire signe à Anna de rester à l'intérieur du bâtiment lorsque j'ai aperçu un photographe de presse qui attendait sur le trottoir. Je suis sorti seul. Lorsque je suis revenu avec mes sacs de courses, le photographe avait été rejoint par un autre. J'ai joué au naïf autant que possible en leur demandant ce qui se passait. L'un d'eux m'a demandé si Anna Secher habitait bien ici. J'ai répondu qu'elle était ma voisine du dessous et que je lui avais parlé brièvement dans l'escalier ce matin-là. Elle m'avait dit qu'elle partait à sa maison de vacances. L'autre photographe m'a demandé si je savais où se trouvait cette maison de vacances, mais je n'ai malheureusement pas pu le lui dire. J'avais acheté de quoi faire des spaghettis à la bolognaise, le seul plat dont je connais la recette par cœur. Anna m'a aidé à préparer le céleri et les carottes, je voyais bien que c'était un soulagement pour elle de faire quelque chose de banal. Même si les photographes de presse avaient pris mon mensonge pour argent comptant, elle se sentait assiégée. Pendant que nous mangions, j'ai essayé de lui changer les idées. Je lui ai demandé si elle se souvenait du film qui passait au cinéma Grand à la séance de l'après-midi lorsque je l'avais vue pour la première fois. Sur le coup, j'étais certain que c'était *Paris, Texas* que nous avions vu, avec Harry Dean Stanton et Nastassja Kinski. J'ai trouvé un extrait de la bande originale de Ry Cooder sur YouTube, de longues notes de guitare jouées sur un instrument rouillé. Je n'avais pas entendu cette musique depuis des dizaines d'années. Que ne s'était-il pas passé depuis la dernière fois que je l'avais entendue ?

Il y aurait beaucoup à dire sur l'intimité. Bien plus qu'on ne peut l'imaginer, alors que l'on a toujours l'impression que l'avenir est sans fin. Je n'ai jamais été un intime d'Anna, mais lorsqu'elle a disparu il y a des années, une nuit avant Noël, je n'avais plus été qu'un vide de chagrin, complètement paralysé par le fait qu'elle m'avait rejeté. Toutes les couleurs avaient disparu du film et ne reviendraient que si elle ressurgissait, mais ce n'était pas son intimité que j'avais perdue. C'était le sentiment excitant et affamé que quelque chose m'attendait là, au coin de la rue, une révélation et un épanouissement que je ne pouvais expérimenter qu'avec elle. À partir de ce moment-là, j'ai vécu en noir et blanc jusqu'à ce qu'Eva apparaisse et que je sois mûr pour une forme de bonheur plus sobre et calibré. Les couleurs étaient revenues et j'étais heureux de lui laisser croire qu'elle les avait apportées. Elles étaient là depuis le début, mais je n'avais pas voulu les voir. Entre-temps, je m'étais habitué à ne pas en attendre autant. J'étais prêt à être submergé par toutes les choses dont je n'avais pas réalisé que j'avais besoin, en plus de beaucoup de sexe. C'est étrange d'y penser mais, pendant quelques années, cela a été une sensation vertigineuse d'aller dans un magasin de meubles ou de faire un tour au magasin de bricolage afin d'y trouver des fournitures pour le projet qu'Eva m'avait convaincu d'entreprendre. Selon la nouvelle vision que j'avais de moi-même, j'avais vécu autrefois comme un chasseur solitaire, s'abritant de la pluie dans des grottes de fortune, essayant de maintenir en vie quelques mornes braises pendant qu'il attendait en regardant dans la brume. J'étais enfin parvenu à la civilisation sous les traits d'une belle femme, à l'allure soignée, au goût sûr et à l'éducation bourgeoise. J'ai appris à apprécier l'argenterie, les vins de terroir et les hôtels de charme, la belle vie, comme on dit quand on parle de la sécurité de rouler à bord d'une voiture allemande en venant des banlieues verdoyantes. Le charme doux-amer de payer la tranche d'impôts supérieure. Au début, j'ai eu l'impression d'être un espion qui feignait de participer aux délicieux mouvements de sa nouvelle vie, mais ce n'est pas Eva ou son environnement privilégié que j'ai trahi à la longue, c'est l'amant maigre, poète et malchanceux de ma jeunesse. Lorsque Eva a découvert que j'avais écrit des poèmes, je n'ai pas pu résister à l'envie de lui en lire quelques-uns. Mais j'ai fait comme si je ne percevais pas l'incongruité d'être dans notre beau salon à lire les poèmes que j'avais écrits pour une autre. Je pensais qu'elle réagirait comme si elle avait découvert le nom d'une fille inconnue tatoué sur ma poitrine lors de notre première nuit ensemble, mais elle m'a simplement écouté avec un sourire qui semblait me considérer au nom de toutes les femmes. Plus tard, alors que nous étions au lit, elle m'a demandé si je voulais bien lui écrire quelques poèmes également. Nous avions éteint la lumière et j'espérais que cela suffirait que je la serre contre moi, le nez enfoui dans ses cheveux, tout en lui murmurant que je n'écrivais plus de poèmes. À la place, j'ai construit la cabane de jeu sous le poirier du jardin. C'était vraiment quelque chose, vu la maladresse de mes dix doigts, et c'était un langage qu'Eva comprenait. L'amour n'était plus un sentiment errant, il avait un corps et un lieu. Je lisais souvent quand Sofie était déjà couchée et qu'Eva s'était retirée dans la chambre, et dans l'une de mes nombreuses lectures, je suis tombé sur une phrase dont je ne sais plus qui est l'auteur. L'amour non partagé n'existe pas. Une affirmation déraisonnable, ai-je pensé, mais je n'ai pas pu m'empêcher de poursuivre ma réflexion. L'amour ne basculait-il pas dans autre chose quand il n'était pas réciproque ? N'était-il plus alors un sentiment lié à l'être aimé, mais quelque chose de posé, de postulé, qui en l'absence de contact finissait par tourner sur lui-même ? Bref, un ego trip ? Cette nuit-là, j'ai dit au revoir à mon ancien moi, et j'ai dit au revoir à Anna, et ce n'est que maintenant que je suis arrivé à dire ce que je voulais à propos de l'intimité.

Le corps a la gravité pour dire qu'il n'a pas sa place au milieu des oiseaux et des étoiles, mais c'est différent avec les émotions, ou plutôt, la capacité de ressentir. Tout le monde est loin de ressentir la même chose que moi. Par exemple, Anna avait ressenti quelque chose de différent lorsque je l'ai rencontrée. Pour elle, le besoin d'appartenir à quelqu'un est venu bien plus tard. À l'époque, elle avait trop de liberté en elle. Pendant le premier long moment passé avec Eva, j'avais parfois le vertige en pensant au hasard qui avait fait que nous nous étions trouvés. Cela n'a pas changé quand elle est tombée enceinte, mais cela a changé quand Sofie est arrivée. Ce n'était pas un enfant que nous attendions, c'était elle, nous pouvions le voir maintenant, elle et personne d'autre. La nature certaine et absolue de mon amour pour notre fille a rejailli sur la mère et le foyer que nous avions créés ensemble. J'ai compris que l'amour est bourgeois. Il veut dégager un espace dans le cosmos infini et menaçant, il veut enfermer, réchauffer et protéger. Il est territorial et myope, à l'intérieur il est illimité, à l'extérieur toujours prêt à se battre. Quand Sofie était petite, une famille voisine dans notre rue a été cambriolée pendant qu'elle dormait. Le lendemain, j'ai acheté une barre de fer et je l'ai cachée sous le lit sans qu'Eva la voie. Lorsqu'elle s'est endormie et que j'ai écouté sa respiration paisible, je me suis laissé aller à l'espoir secret que, contrairement à ce que je pensais de moi-même, je serais capable de tuer. Il ne s'agissait pas de fantasmes de violence, mais d'une prise de conscience sereine que cette femme et cet enfant n'étaient irremplaçables que pour moi, parmi tous les hommes du monde. Si mon travail m'obligeait à m'absenter de chez moi et à passer la nuit dans un hôtel d'une autre ville, je pouvais être submergé par un sentiment d'étrangeté. Je regardais les meubles et les rideaux de la chambre d'hôtel, les motifs de la moquette. Je regardais les lampadaires des rues inconnues ou les bandes blanches d'un parking vide et je me sentais perdu comme jamais auparavant. J'avais l'impression d'être un astronaute, absolument seul au hublot du vaisseau spatial avec la vue sur la planète bleue, où n'importe quel point de n'importe quel continent serait plus proche de la maison que cette étreinte glacée de l'éternité. Je sentais qu'Eva était touchée lorsque j'appelais à la maison pour lui demander des nouvelles détaillées de Sofie et de ce qu'elles faisaient. Je sentais aussi qu'elle ne comprenait pas comment elles avaient pu me manquer à ce point. Non seulement j'étais seul dans une chambre d'hôtel anonyme où des milliers d'étrangers étaient passés avant moi, mais j'étais également seul à réaliser que derrière mon soudain mal du pays se cachait une anxiété incurable.

Je n'en avais jamais parlé à personne et j'ai demandé à Anna s'il lui était arrivé de ressentir la même chose lorsqu'elle se retrouvait seule le soir à Bruxelles. Elle a réfléchi un long moment avant de sourire, presque en s'excusant, et de secouer la tête. Lorsqu'elle vivait à Londres, elle avait partagé un appartement avec une fille qui était hôtesse de l'air. C'était très pratique parce que sa colocataire assurait les vols transcontinentaux, ce qui permettait à Anna de disposer de l'appartement pour elle seule pendant plusieurs jours d'affilée. Elles s'entendaient bien, mais elles n'avaient pas grand-chose en commun et n'étaient pas particulièrement proches. Pourtant, c'était son amie qui avait le mieux réussi à formuler ce qu'Anna n'avait jamais réussi à exprimer elle-même. Entre deux vols, dans les rues de Tokyo, de Caracas ou de Melbourne, elle pouvait se sentir totalement soulagée à l'idée que les passants, si jamais ils prêtaient attention à elle, ne pouvaient saisir à quel point elle était étrangère. Pendant une fraction de seconde, elle était sans nom ni passé, et cela la rendait heureuse. Même dans une ville qui comptait des millions d'habitants comme Londres, il y avait toujours la possibilité théorique de croiser quelqu'un qu'elle connaissait, mais pas là. Lorsque Anna et l'hôtesse de l'air se sont revues de nombreuses années plus tard, cette dernière avait un mari et des enfants, mais elle volait toujours. Ce qui l'avait poussée à continuer, c'était cette même expérience extra-corporelle, celle de marcher au milieu de la foule dans une ville inconnue et de n'être personne. « Je l'ai comprise, a dit Anna. Pendant des années, je me suis sentie comme une fugitive, non par besoin, mais par envie. La seule idée d'être reconnue me donnait envie de m'enfuir. »

Elle m'a regardé un instant. « Je n'étais pas du tout la bonne personne pour toi, a-t-elle ajouté en souriant à nouveau. Je savais que ça te faisait mal. Tu en avais tellement envie, tu voulais tout, et je ne pouvais pas le supporter. Quand je suis rentrée d'Athènes cet hiver-là, j'ai pensé à t'appeler, mais je me suis dit que tu avais probablement survécu et que je risquais de te faire à nouveau de la peine. » Je me suis demandé comment cela se serait passé si elle avait appelé. Sans doute pas très différemment de la façon dont cela s'était passé. Nous serions allés nous promener dans le printemps noir et pluvieux, par exemple, au milieu des arbres dégoulinants du jardin de l'Institut agronomique. Elle m'aurait dit qu'elle ne pouvait pas et ne voulait pas s'engager, et je l'aurais embrassée courageusement avant de nous séparer. Elle m'a raconté comment, à certaines périodes, elle avait été harcelée par des hommes, simplement parce qu'elle n'avait guère montré d'intérêt pour eux. Cela les provoquait qu'elle ne soit pas surprise ou impressionnée par leur masculinité, leur intelligence ou leur passion, des choses qu'ils pensaient avoir à offrir comme un motif unique et irrésistible pour qu'elle se soumette à eux. Manifestement, chacun d'eux pensait être spécialement appelé à la convaincre que sa distance et son désir de liberté étaient totalement éloignés de la vérité, parce qu'ils étaient les seuls à avoir vu que, au fond d'elle-même, elle ne demandait qu'à baisser la garde et à être subjuguée. Elle m'a fait rire. « Et puis, j'ai rencontré Jan », a-t-elle dit. Nous nous sommes tus.

Elle ne pouvait pas expliquer pourquoi elle ne s'était pas enfuie avant qu'il ne réussisse à la mettre enceinte.

Lorsque le piège s'était refermé, sa première pensée avait été d'avorter, mais elle s'était dit ensuite que le meilleur moyen de s'échapper était peut-être de se fuir elle-même, de déjouer son éternel scepticisme. Jan était différent, il ne s'imposait pas, il avait le temps. Il ne lui disait pas comment elle était, et n'attendait pas d'elle qu'elle lui livre ses pensées les plus intimes. Elle imaginait la situation, Jan, un enfant. « Peut-être que j'aimais bien ses yeux », a-t-elle dit. Quand il la regardait, elle n'avait pas l'impression d'être scrutée ou harcelée, son regard était bienveillant, sans avoir l'air d'attendre quelque chose de spécial. Un matin, elle s'était réveillée d'un rêve et s'était mise à pleurer, sans pouvoir expliquer pourquoi, ni à lui, ni à elle-même. Elle lui avait dit qu'il devait penser qu'elle était une cruche hystérique, et il lui avait répondu qu'il la trouvait tout à fait normale. Dès cet instant, elle lui avait fait confiance. Elle était persuadée qu'il mentait, bien sûr que ce n'était pas normal de pleurer sans savoir pourquoi, mais elle avait fini par lui faire confiance parce qu'il l'avait dit. Car, en réalité, ce qu'il avait dit, c'était qu'elle pouvait pleurer autant et aussi longtemps qu'elle le voulait sans avoir de raison valable. Elle avait appris à se détendre, et c'était nouveau. C'était une libération en soi que de ne pas avoir à protéger sa liberté en s'enfuyant parce que l'autre personne l'enfermerait dans ce que cela signifiait d'être en couple, que ce sens soit vaste ou limité. Bien sûr, un sens limité aurait été trop étriqué, comme s'il était seulement question de se borner au sexe de manière intéressante. En revanche, donner un sens trop vaste au couple pouvait prendre un caractère tellement solennel que l'on avait envie de péter rien que pour remettre de la mesure. Elle a incliné légèrement la tête comme pour adoucir ses paroles et, pendant un instant, j'ai été très satisfait de l'immobilité croissante de mon visage. « Tu as raison de percevoir le sens dans toute sa mesure », ai-je dit doucement. « J'ai appris à me détendre, a-t-elle répété, parce que j'ai eu le temps de m'habituer à lui avant de me faire des soucis. C'est pour cela que je ne me suis pas inquiétée. Cela n'a aucun sens ! » Nous nous sommes mis à rire tous les deux. « Tu parles d'intimité, a-t-elle ajouté, tout à fait sérieuse. Je ne sais pas ce que ça veut dire, une famille. Quand il a été établi que Jan et moi n'aurions pas d'enfant, et qu'il a insisté pour rester avec moi même si je lui avais rendu sa liberté… Non, je suppose que l'on ne peut pas dire ça. Mais tu vois ce que je veux dire. En tout cas, quand je suis rentrée de l'hôpital et que nous nous sommes mariés, j'ai commencé à réaliser qu'il était aussi mon ami. En plus d'être mon mari. » L'année suivante, elle avait posé sa candidature pour le poste à Bruxelles et il l'avait soutenue, même avec la perspective qu'ils ne se verraient que les week-ends. Lorsqu'elle avait appris qu'elle avait été choisie, elle avait plaisanté en disant qu'il aurait tout le loisir d'avoir une maîtresse. Il avait été blessé, et elle avait dû s'excuser. Il était rare qu'il ne prenne pas ses sautes d'humeur à elle avec un sourire patient. Ils s'étaient habitués étonnamment vite à vivre séparément pendant la semaine, les jours passaient rapidement, ils étaient tous les deux très occupés, et en un rien de temps, elle était de retour chez elle à Copenhague. Environ une fois par mois, c'était lui qui venait la voir. Elle avait trouvé un appartement à Ixelles, ils y menaient aussi une vie commune, voyaient du monde, avaient leurs restaurants préférés, et faisaient des excursions dans les anciennes stations balnéaires de la Manche.

Elle s'est levée brusquement et a commencé à débarrasser. J'ai voulu l'aider, mais elle m'a dit de ne pas bouger. Elle a chargé le lave-vaisselle dans un bruit sourd, puis le silence s'est installé. J'ai attendu un moment avant de me lever. Elle était penchée à la fenêtre de la cuisine, les mains appuyées sur le rebord. J'ai posé une main sur son dos. Elle a levé la tête et son visage s'est détaché dans le cadre de la fenêtre, blanc et flou dans l'obscurité. « Ce n'est pas qu'il soit tombé amoureux, a-t-elle dit. Ce n'est même pas qu'il l'ait violée, ni qu'il lui ait proposé de me quitter et d'être le père de son enfant. » Elle s'est tournée vers moi. « C'est qu'il est resté. » Elle m'a regardé dans les yeux, mais ce n'était pas un appel que je lisais dans son regard, c'était la solitude et la conscience de cette solitude qui n'appartenait qu'à elle. Il ne l'avait pas quittée. Clara Friis était devenue une poche secrète qu'il était le seul à connaître, cousue dans l'intimité entre eux. Un souffle d'air froid entre deux caresses, une pause entre les mots tendres murmurés au lit. Quand avait-il pensé à son secret et à sa disgrâce dans les années qui avaient suivi, et quand avait-il tout oublié ? Impossible de le savoir. Le dénominateur commun de leur vie de couple avait été moins important qu'elle ne le pensait. Le monde intime qu'ils avaient partagé à Østerbro et à Ixelles n'avait pas été tout à fait le même pour lui et pour elle. Les années s'étaient écoulées comme si Clara Friis n'avait pas existé pour lui non plus. Comme si ces années avaient eu la même signification pour lui et pour elle. La solitude s'était répandue dans ce comme si. Le temps qu'ils avaient passé ensemble serait totalement gâché si elle ne lui pardonnait pas, mais comment pouvait-elle pardonner à Jan ce qu'il avait fait à quelqu'un d'autre ? Il ne suffisait pas de lui pardonner son infidélité, alors que ce qu'il avait fait à Clara était bien pire, bien au-delà de ce que les maris infidèles font à leurs femmes bafouées. Bien sûr, Anna gardait le sens de la mesure dans son esprit par ailleurs toujours équilibré, et elle ne se fourvoyait pas. La victime, c'était Clara, et non pas Anna qui ne se doutait de rien à Bruxelles, mais chacun voit midi à sa porte. Normalement, cette expression est utilisée pour souligner que l'égoïsme est dans l'ordre naturel des choses. Dans le cas d'Anna, cela signifiait qu'elle ne pouvait pas choisir sa propre perspective. Elle était la seule au monde à ressentir cette honte, la seule à sentir que la lâcheté de Jan à son égard pesait plus lourd que le jugement équitable du public. Et ce, parce que c'étaient ses années à elle qui s'étaient écoulées, et parce que le scandale public l'avait empêchée de retrouver le sens perdu de ces années en pardonnant.

Nous nous étions assis à nouveau avec le fond de la bouteille de vin. Le téléphone d'Anna était posé à côté de son verre, à l'envers. Nous n'aurions pas réalisé qu'il sonnait si, pendant plusieurs secondes, il n'y avait pas eu un halo de lumière froide qui se reflétait sur le vernis de la table à manger. Le portable était toujours en mode silencieux. Elle l'a regardé pendant quelques secondes, comme s'il s'agissait d'un objet non identifié, débarqué d'on ne sait où dans l'infini hostile de l'espace. Elle a répondu en disant son nom et a mis le téléphone sur haut-parleur avant de le reposer sur la table. C'était la police de Copenhague, une voix d'homme claire, on avait des nouvelles de Jan. Le policier n'a donné que son prénom. Anna et lui avaient dû se parler auparavant, ou bien le représentant des forces de l'ordre essayait-il de se montrer poli ? « Oui ? » J'ai entendu que la gorge d'Anna se serrait. Le jeune policier l'entendait-il aussi ? Il a hésité un peu. Ils avaient obtenu une commission rogatoire pour vérifier les mouvements sur le compte de Jan. La veille au soir, à l'heure où il était censé dîner chez le directeur des programmes, il avait traversé le pont de l'Øresund en voiture. Il avait fait le plein et mangé sur une aire de repos près de Varberg. Il avait poursuivi sa route vers le nord-est et à nouveau fait le plein dans une petite ville au bord du lac Vänern avant de s'arrêter dans une auberge près de Rottneros. « Il a payé son séjour ce matin, a déclaré la voix d'homme. Ensuite, il a mangé dans une pizzeria à Sunne. La dernière dépense est un billet d'entrée », a-t-il ajouté. « Mårbacka », a dit Anna. « Quoi ? » Elle a répété. « Comment peux-tu le savoir ? » a demandé l'agent. « Je le sais, c'est tout », a répondu Anna. « Pour l'instant, il ne semble pas qu'il ait utilisé sa carte ce soir », a dit la voix sur la table à manger reluisante. « Certaines transactions ne sont visibles que le lendemain, mais c'est tout de même bizarre. Moi, si je n'avais mangé qu'une pizza il y a huit heures… »

Après avoir raccroché, Anna est restée un moment à faire tourner son verre presque vide. « Il est jeune, a-t-elle dit. Rien qu'à l'idée de sauter le dîner… » Elle a souri au lieu de terminer sa phrase. « Mårbacka ? » ai-je demandé. « Oui, Mårbacka, a-t-elle répondu, Mårbacka de Selma Lagerlöf. » Je n'avais jamais rien lu de Selma Lagerlöf, pas même *Le Merveilleux Voyage de Nils Holgersson à travers la Suède.* Bien entendu, Anna avait tout lu, il en avait toujours été ainsi. Alors qu'elle me parlait de sa fascination de jeunesse pour Selma Lagerlöf, je me suis souvenu qu'elle n'avait jamais essayé de me prendre de haut avec sa culture. Si elle m'avait causé un sentiment d'infériorité à l'époque, elle n'en avait même pas été consciente. Le sentiment d'infériorité était quelque chose que j'avais eu en moi, elle l'avait simplement rendu visible en me faisant comprendre, sans le savoir, que mes connaissances étaient comme un gruyère, pleines de trous qui ne faisaient que croître à l'intérieur. À l'époque, ma réaction à ce qu'elle voulait partager avait été de faire le blasé, comme si cela ne devait pas avoir d'intérêt puisque j'en ignorais tout. Eh bien, Selma Lagerlöf, qu'aurait-elle à nous dire aujourd'hui ? Là, en face d'elle, j'aurais aimé avoir lu les œuvres complètes de Selma Lagerlöf, ne serait-ce que parce qu'Anna pensait que cela aurait valu la peine. Pendant un moment, la pensée des lectures que j'avais ratées a rejoint celle des chemins que nous n'avions jamais parcourus ensemble à travers les buissons des années. Toutes ces années dont elle avait parlé comme d'une chose dont Jan l'avait privée par sa dissimulation et sa lâcheté. « Pourquoi Mårbacka ? » ai-je demandé. Elle s'est raclé la gorge. « Il me notifie quelque chose, a-t-elle dit. Les mouvements sur son compte sont comme une lettre. Il a dû prévoir qu'il serait recherché. »

Anna n'avait pas pensé à ce voyage depuis longtemps. Là, elle se disait qu'elle aurait dû y songer d'elle-même. Oui, après la visite de Clara, elle aurait dû penser à leur voyage dans le Värmland. Jan avait appelé Clara chez ses parents, au bord de la mer du Nord, au milieu des vacances d'été. Un vendredi, trois mois plus tard, Anna et lui avaient traversé la Suède en voiture. Elle avait souvent parlé de son désir de visiter le célèbre manoir de l'écrivain, près du lac Fryken. Pourtant, cela lui avait fait chaud au cœur lorsqu'il lui avait soudain proposé de faire leurs valises et de prendre la route. Il avait même réservé une chambre pour eux à l'auberge de Rottneros. Elle était rentrée de Bruxelles le matin et avait imaginé qu'ils se contenteraient de flâner dans Østerbro, d'aller au cinéma ou au restaurant, rien de spécial. Alors qu'ils se trouvaient sur le ferry entre Helsingør et Helsingborg, avec le château de Kronborg qui rapetissait et le Kattegat qui grandissait, il l'avait prise dans ses bras et l'avait serrée contre lui. Comme s'ils se disaient au revoir, a-t-elle déclaré, mais c'était probablement une rationalisation a posteriori. « C'est incroyable que tu sois là », avait-il dit. Elle s'en souvenait très bien. Elle se souvenait aussi qu'elle avait souri devant son sérieux et répondu avec une légèreté qui, pensait-elle, l'avait un peu déçu, le laissant suspendu à un fil plutôt que de reconnaître le caractère touchant de sa déclaration qui était d'un sérieux enfantin. « Eh oui, je suis là ! » Plus tard, elle avait considéré ce voyage comme l'un de ces moments où l'on mesure pourquoi l'on est ensemble. Ce n'est pas la raison en soi, on s'en rend compte, c'est autre chose, quelque chose de plus vaste. La raison pourrait être, par exemple, un week-end dans le Värmland, où l'on marche côte à côte sur le sol clair de la forêt, entre les troncs de pins épars et les blocs de rochers erratiques couverts de végétation, et où l'on parle avec évidence de petites choses qui ne font que prendre de l'ampleur dans le souvenir.

Si, à l'époque, on lui avait dit qu'un seul parmi les myriades de spermatozoïdes de Jan s'était retrouvé dans l'utérus d'une jeune femme inconnue quelques mois plus tôt, et que l'arrangement n'avait été possible que parce que la femme était à moitié consciente, elle se serait enfoncé un doigt dans chaque oreille. Si elle avait su qu'il était capable de faire taire les avertissements de sa conscience au profit d'un moment d'ivresse, d'une revanche sans limite, irréfléchie et déshonorante, au nom de son amour-propre bafoué, elle serait sans doute devenue folle. Mais personne ne lui avait rien dit, et rien dans le comportement de Jan à son égard n'aurait pu la mettre sur la voie. Il n'y avait pas eu une fêlure, pas un instant de défaillance ou de distraction dans sa tendresse dévouée et attentive, et le lendemain d'une nuit mémorable et d'une matinée tout aussi mémorable dans un lit à baldaquin à l'auberge de Rottneros, ils avaient passé plusieurs heures au Mårbacka de Selma Lagerlöf, même si elle savait que cela devait l'ennuyer à mourir. Ils avaient visité le parc et le jardin potager, les salons, la bibliothèque, le bureau de l'écrivain et la chambre à coucher où tout était exactement comme Selma l'avait laissé. Salle après salle, au milieu de la foule des visiteurs polis du musée, ils avaient écouté le guide qui, sans omettre un seul détail, leur avait raconté les mêmes anecdotes et donné les mêmes informations supplémentaires en suédois, en anglais et en allemand, et Jan était resté près d'elle, il l'avait prise par la taille et avait écouté, comme si tout cela lui importait autant qu'à elle. « Si ce n'est pas de l'amour... » Anna a fait une grimace en vidant son verre. « Désolé, ça ne me ressemble pas, a-t-elle dit en reposant son verre. Il n'y a pas lieu d'être sarcastique. La vie se vit en avant et quand on regarde en arrière, il est trop tard pour comprendre. » Elle m'a regardé avec un air qui semblait dire qu'elle se rendait compte que nous étions assis l'un en face de l'autre après presque quarante ans. « Il essaie de me convaincre de l'accompagner à Mårbacka. Mais cette fois, en sachant tout ce que je ne savais pas. Il sait que c'est sans espoir, que c'est un voyage sans espoir, mais il y va quand même. S'il n'y a pas de post-scriptum, il a écrit la lettre d'adieu parfaite. Je n'aurais jamais cru cela de lui, mais je ne sais plus que croire. » Elle a regardé son téléphone. « Il est minuit passé », s'est-elle exclamée d'un ton effaré. J'ai dit que la police pourrait voir où il avait passé la nuit lorsque l'hôtel débiterait sa carte demain. « S'il passe la nuit à l'hôtel », a-t-elle dit. « C'est une longue route à faire pour rentrer d'une seule traite », ai-je dit, même si je voyais bien qu'elle pensait à autre chose. « Pourrais-tu me rendre un service ? m'a-t-elle demandé. Est-ce que tu resterais ici ce soir ? » Elle m'a apporté un drap et une couette et a préparé le canapé du salon. Elle a même trouvé une brosse à dents neuve. Je me débattais avec l'emballage récalcitrant et j'envisageais d'utiliser mes dents lorsque mes yeux sont tombés sur un coupe-ongles qu'elle avait heureusement laissé sur le bord de la baignoire. C'était comme une transgression et c'était gênant, comme aurait dit Sofie, d'utiliser la salle de bains à tour de rôle et de se dire bonne nuit dans le couloir.

Elle m'a réveillé en prononçant mon nom si doucement que c'était presque un murmure. J'étais en plein rêve. D'habitude, je ne me souviens pas de mes rêves, mais celui-ci était très clair pour moi, car je me suis réveillé au son de sa voix étouffée, comme si elle comblait le fossé entre un état et un autre. J'avais rêvé que nous étions ensemble. Je ne reconnaissais pas l'endroit mais, elle, je la reconnaissais en tout point, et c'était d'autant plus embarrassant qu'elle était là, en pyjama, accroupie à côté du canapé où j'étais allongé. J'ai plié les genoux et soulevé un peu la couverture, elle n'a pas eu l'air de remarquer quoi que ce soit. « Quelle heure est-il ? » ai-je demandé. Il faisait encore nuit. « La police a appelé », a-t-elle dit. Je n'écoutais qu'à moitié, étonné d'être en état de fonctionner. « Ils ont retrouvé sa voiture. » Nous nous sommes assis l'un à côté de l'autre sur le canapé, si près que je pouvais sentir la chaleur de son corps et l'odeur où se mêlaient le parfum et la transpiration. Ses cheveux étaient comme dans le rêve, rassemblés en un chignon rudimentaire. Comment Jan avait-il pu envisager de la remplacer par quelqu'un d'autre ? Il était trop tard pour comprendre. Il n'était pas rentré chez lui. Il avait poursuivi sa route vers l'ouest, en direction de la frontière norvégienne. Peu avant le coucher du soleil, sa voiture avait été retrouvée sur un chemin forestier parce qu'elle barrait la route à des bûcherons. Inquiets de voir les clefs sur le contact, ils avaient appelé la police qui, entre-temps, avait reçu une demande de Copenhague de rechercher une voiture immatriculée au Danemark. La nuit n'était pas encore terminée qu'un policier de garde dans le Värmland avait fait le rapprochement. Ils étaient prêts à envoyer des chiens et des hommes dans la région dès qu'il ferait jour. Anna regardait devant elle, comme si elle imaginait la forêt suédoise à l'aube, toute cette masse indistincte de gris-vert. Sa voix était rauque : « Peut-être qu'il n'en pouvait plus de la pression, de la réprobation. Mais il se peut aussi que la mort ait été plus qu'un moyen de s'en sortir. Peut-être pensait-il que sa mort pouvait neutraliser sa culpabilité. Par rapport à moi, par rapport à Clara. Par rapport à l'opinion publique qui le condamne. Son crime n'était pas si grand, et il a peut-être pensé que sa mort n'annulerait pas le jugement porté sur lui. » Elle m'a regardé. « Les grands criminels se retiennent de se suicider si c'est le pardon qu'ils recherchent. Car les gens diront toujours qu'ils s'en tirent à bon compte. Pour les petits criminels, en revanche, la mort peut valoir le coup si la réputation joue un rôle important. » Je ne savais pas quoi répondre. Il était irréel, mais pas improbable, que Jan se soit suicidé. J'ai pris la main d'Anna et elle a serré la mienne tout en continuant à regarder le matin gris qui se déployait autour de nous. « Si seulement je lui avais parlé, si j'avais accepté de l'écouter, a-t-elle dit doucement. Si j'étais allée le voir la nuit où il est venu m'attendre devant le Berlaymont. » Je lui ai dit que ce n'était pas de sa faute si jamais Jan était retrouvé mort. Elle n'a pas répondu.

Si Jan était retrouvé dans quelques heures, peut-être au bout d'une corde, peut-être dans une mare de sang après s'être fait sauter la cervelle, peut-être avec de l'écume à la bouche et un blister de médicaments vide serré dans sa main raidie, ou encore dans un lac, déjà tout gonflé d'être resté dans l'eau, s'il était retrouvé comme ça, mort de sa propre main, il faudrait moins de vingt-quatre heures avant que la nouvelle ne s'affiche dans une barre jaune sous le flot des autres nouvelles de la journée. Tout le monde, même ses contempteurs les plus virulents des médias sociaux, exprimerait son regret ou au moins son silence en signe de respect, et peut-être même d'étonnement qu'il ait eu le courage de faire ce geste. Dès les premières vingt-quatre heures, l'examen de conscience commencerait sous la forme d'interviews et de commentaires. On dirait alors que la chasse à l'homme était allée trop loin. La mort de Jan représenterait un moment tragique d'introspection pour le tribunal populaire, on pointerait du doigt, on se tordrait les mains. Les féministes les plus intransigeantes de la quatrième vague publieraient sur Twitter que leurs pensées allaient aux proches de Jan. Même si Anna l'enterrait en silence, sa tombe serait couverte de fleurs par tous les téléspectateurs reconnaissants qui, pendant une génération, avaient aimé Jan Maas et la convivialité qu'il avait répandue dans les salons de tous les milieux. La première à déposer un bouquet serait Clara Friis, et une présentatrice de talk-show qui avait également parlé des abus subis lorsqu'elle était stagiaire bombarderait Clara et Anna de courriels pendant des semaines pour les persuader d'apparaître ensemble dans son émission. La perspective choisie serait d'exprimer que Jan avait en fait été une victime de ce rôle masculin vicié qui avait paralysé ses relations avec les femmes. Pendant un certain moment, il redeviendrait un sujet d'actualité, et pendant ce temps, Anna regarderait par la fenêtre de son salon, et lorsque la deuxième vague Jan Maas serait retombée et que les médias se tourneraient vers de nouveaux scandales, de nouvelles victimes et de nouvelles tragédies, elle serait toujours là, dans la même situation.

Elle n'était pas coupable du suicide de Jan, elle pouvait se le dire, mais que ce serait-il passé si elle était allée le trouver la nuit où il attendait devant l'immeuble du Berlaymont ? Il n'y a aucune certitude que cela aurait changé quoi que ce soit s'ils avaient eu une bonne discussion cette nuit-là, une nuit qu'elle avait au contraire passée sans dormir dans son bureau de l'immeuble vide. Pourtant, aussi longtemps qu'elle vivra, elle ne pourra pas se convaincre que Jan se serait suicidé quand même. Elle n'était pas coupable, elle le savait, mais la culpabilité est un mot si lourd, si bruyant, si théâtral. Avec tout son tonnerre de théâtre, il étouffe une voix plus discrète qui, au lieu de parler de culpabilité, pose la question de la responsabilité, un mot moins dramatique et plus gris. Les limites de la culpabilité sont toujours tracées avec des lignes claires et noires, mais qu'en est-il de la responsabilité ? Elle se perd dans la brume matinale des conjectures et des connaissances incertaines, où les distances et les proportions échappent au besoin inhérent de clarté des mots. Responsable ou pas. Le mot lui-même semble gribouillé, incapable de trouver une place claire dans une phrase tout aussi claire. Et dans le tumulte sans paroles d'un réveil matinal, Anna est incapable de laisser filer cette pensée dont elle est également incapable de mesurer pleinement la portée.

Et là, elle pardonne à Jan, elle ne peut rien faire d'autre. En payant le prix ultime, il a non seulement mérité d'être pardonné, mais aussi, dans un dernier acte de volonté brutal, un dernier viol si l'on veut, il l'a forcée à le pardonner. Elle pardonne, et lorsque les fleurs sur la tombe de Jan seront fanées, lorsque le jardinier du cimetière les aura emportées dans sa brouette et qu'elle sera elle-même passée à autre chose, comme on dit, il lui restera de temps en temps le même malaise et, au plus profond de ce malaise, un sentiment pour lequel, si je le lui demande, elle ne pourra pas trouver d'autre mot que la colère. La colère muette et inavouée du souvenir des années qu'il a emportées avec lui dans la mort. Les leurs, ses années à elle où le nom du village suédois de Mårbacka était l'indice sensible de la raison pour laquelle elle était restée si longtemps avec cet homme en particulier. Au lieu de cela, Mårbacka est devenu le nom du plus grand des mensonges, et la culpabilité qu'elle nourrit, déraisonnable, et dont elle se rend compte avec le temps, ne consiste plus à se demander si elle aurait pu empêcher sa mort de quelque manière que ce soit. C'est de Mårbacka qu'elle se sent coupable. Elle se sent coupable parce qu'elle ne peut pas se libérer de l'ombre froide et grise du mensonge. Elle ne peut pas accepter la lettre qu'il lui a écrite avec les débits sur son compte lorsqu'il a roulé vers le nord, vers le Värmland, après toutes ces années. Sans doute voulait-il lui dire qu'il y avait une vérité sous le mensonge, dans les mots qu'il avait marmonnés en la serrant contre lui sur le pont arrière du ferry entre Helsingør et Helsingborg. « C'est incroyable que tu sois là. » Elle a compris, et elle a pardonné, mais elle est toujours en colère.

Elle est assise au soleil, les yeux clos. Le seul bruit qui l'entoure est celui du vent dans les aiguilles de pin. Elle est à l'abri dans le coin où elle s'est installée, elle a ouvert la fermeture éclair de sa veste et posé ses pieds chaussés de lourdes bottes à lacets sur l'autre chaise, celle d'où je me suis levé il y a un instant. C'est le genre de chaise pliante que l'on trouve dans toutes les maisons de vacances, en pin et en toile décolorée, avec des taches de crème solaire et de café. Elle tient la tasse vide à deux mains. C'est un après-midi de février. Il y a encore des plaques de neige en train de fondre dans l'herbe humide et jaunie entre les troncs. Le mur goudronné en plein soleil derrière elle dégage une odeur de fumée. Elle sait que je suis entré dans la pièce dont la fenêtre donne sur la terrasse en planches qui forme une transition exiguë entre la maison et la nature. Elle sait que je suis en train d'écrire l'histoire, mais elle ne peut pas savoir que, en ce moment même, je regarde son visage, levé vers la chaleur et la lumière vive. Nous sommes ici depuis Noël. Nous sommes venus ici pour éviter Noël, tout comme nous avions prévu de nous échapper vers l'Espagne et le

Maroc, il y a longtemps. Chaque jour, nous faisons la même promenade à travers les dunes jusqu'à la mer. Nous marchons le long de la plage jusqu'à l'endroit où nous avons trouvé la carcasse d'un phoque que les mouettes avaient mangée, mais elle n'est plus là, les vagues ont dû l'emporter. Le soir, elle s'assoit près du poêle et me lit Selma Lagerlöf. Une vie tranquille. À notre âge, on apprécie quand il ne se passe rien. Se réveiller l'un à côté de l'autre, c'est déjà un changement. Anna a tendance à se réveiller avant moi. Quand j'ai ouvert les yeux ce matin, elle me regardait comme si, elle aussi, elle trouvait tout cela assez improbable. Improbable, mais pas irréel. Je lui ai demandé ce qu'elle attendait d'un futur invalide. « Ça n'a pas d'avenir, tout ça », ai-je marmonné. « Non, a-t-elle dit, mais nous avons aussi beaucoup de passé devant nous. » Elle a écarté la couette et s'est assise. Le soleil d'hiver éclairait notre chambre d'une lumière blanche et intense. Les rideaux n'étaient pas tirés, cela ne vaut pas la peine, les autres maisons de vacances à côté sont vides. Elle s'est mise à califourchon sur mon ventre et elle est restée à me regarder pendant un long moment, complètement à l'aise avec la lumière crue du matin qui révélait tout ce que le temps avait fait de nous. « Je suis à toi », a-t-elle chuchoté. J'ai noté que l'air frais contractait sa peau. Elle a baissé son visage sur moi, ses traits se sont évanouis, et je me suis souvenu à nouveau de notre premier matin, comme si la distance dans le temps était aussi petite que l'espace qui disparaissait entre nos yeux.

Un jour, elle est venue chez moi alors que je triais mes vieux papiers. J'avais posé le carton sur la table à manger et fait une pile à part de tout ce qui devait être jeté. Une douce odeur de renfermé émanait du carton où, en plus des enveloppes et des feuilles jaunies, s'était accumulée la couche indéterminée de poussière sombre et granuleuse qui est le sédiment du temps. J'ai trouvé plusieurs araignées mortes et un billet de banque abîmé avec au recto un Marco Polo à la barbe blanche et au verso un Verdi à la barbe tout aussi blanche. Je lui ai tendu le billet et elle a observé que la barbe du compositeur paraissait pousser de travers. Il lui semblait que Marco Polo avait une expression rêveuse et mélancolique, tandis que Verdi regardait fixement devant lui, comme si le vent contraire du temps pouvait souffler sur son visage et sa barbe autant qu'il le voulait. Je lui ai permis de consulter le dossier de poèmes tapés avec soin à la machine à écrire de voyage qui se trouvait sur ma table près de la fenêtre, où les stores étaient toujours baissés. « À partir de ce soir, je dormirai sur la terrasse », a-t-elle lu en me regardant. J'ai haussé les épaules, gêné pour le jeune poète. « Moi aussi, j'attendais », a-t-elle dit. J'ai essuyé les toiles d'araignée de ma main et j'ai caressé sa joue. Elle m'a donné une petite tape avec la pile de feuillets du manuscrit. Je lui ai dit : « Tu peux les prendre. » Elle a pris le billet de mille lires. « Je peux l'avoir aussi ? » Elle a lu à haute voix ce qui était écrit sur le billet usé et gras : « *Pagabili a vista al portatore*… C'est bon à savoir. Si on présente ce billet à la banque, sa valeur sera payée en argent ou en or. Est-ce que cela vaut aussi pour tes poèmes ? »

Au fond du carton, nous avons trouvé un billet de ferry imprimé avec des lettres et des chiffres en pointillé, presque illisibles. Le papier noirci était aussi fin que les pages d'un livre de cantiques. Sur les noms de lieux et la date effacés, j'avais écrit quelques lignes au stylo. Une nuit de printemps, j'avais pris le bateau de Civitavecchia à

Olbia, en Sardaigne. C'était le printemps qui suivait les mois passés avec Anna, mais je ne me souviens plus comment je m'étais libéré de la paralysie dépressive de cet hiver ni comment j'avais pu trouver les moyens de voyager en Italie. Je me souviens des gares de Munich et de Milan et d'une semaine dans une pension bon marché à Florence. J'étais un touriste pitoyable. La seule chose que je me rappelle avoir vue est la fresque de Masaccio dans une église sur l'autre rive de l'Arno, représentant Adam et Ève chassés du Paradis. Un ange en robe rouge coquelicot brandit son épée au-dessus d'eux, Adam se cache le visage dans ses mains, Ève replie ses bras sur ses seins et son ventre. Son visage est déformé, sa bouche n'est plus qu'un trou. Un jour, sur une place, peut-être près de la chapelle Brancacci, j'avais engagé la conversation avec une Française. Elle s'appelait Madeleine et m'avait demandé si je voulais aller à la plage avec elle. Demain, en train, avait-elle ajouté, car apparemment je la regardais comme un idiot. Elle avait ri quand j'avais protesté que je n'avais pas de maillot de bain. Je pouvais la retrouver à la gare à 10 heures. Je ne suis pas venu. C'était bien avant les téléphones portables et je ne connaissais même pas son nom de famille. Je n'aurais plus jamais cette chance. Pendant des semaines et des mois, j'ai songé à son visage joyeux, furieux contre moi-même. Avec le recul, j'étais sûr que Madeleine aurait pu être ma petite amie. Notre rencontre sur une place de Florence serait devenue le mythe originel de notre amour, mais je ne pensais qu'à Anna. Sa silhouette était toujours telle qu'elle était sortie de l'atelier de Claes Wilders après une longue nuit et avait disparu avant que je n'atteigne la porte de l'immeuble dans Store Kongensgade. Au lieu de faire la connaissance de Madeleine, j'étais parti en Sardaigne sans avoir la moindre idée de ce que j'allais y faire.

En fin d'après-midi, j'étais assis sur la place d'une petite ville près de la mer. J'avais écrit son nom en haut du billet du ferry parce que je n'avais rien d'autre sur quoi écrire : Orosei. Ce n'était pas un poème, pas même des notes pour un poème. J'avais simplement écrit ce que je voyais, dans l'ordre où je le voyais. Un autobus qui avait tourné sur la place et s'était vidé de ses passagers. Un coiffeur debout devant la porte ouverte de son salon, guettant les clients. Des gens qui entraient dans l'église en tenant des rameaux. D'autres, sacs de courses à la main, rentraient chez eux. Une petite fille vêtue d'un manteau de laine marchait avec un gros œuf de Pâques enveloppé dans de la cellophane. Trois hommes âgés en train de parler. En notant mes impressions, j'avais transformé la place et ses figures changeantes en un tableau, où je n'étais pas présent. Dans toute sa simplicité, l'observation était devenue le véritable sujet de l'image, l'absence de l'étranger. Personne ne m'avait prêté attention, j'aurais tout aussi bien pu ne pas être là, ne jamais être descendu du bus d'Olbia que je venais de voir s'arrêter sur la place. En observant les habitants inconnus d'Orosei, j'avais envie de faire partie de leur vie qui m'était étrangère, mais je savais aussi que la vie dans cette ville provinciale endormie de Sardaigne, si elle me devenait familière, me semblerait étouffante par sa banalité quotidienne. À la tombée de la nuit, les cloches de l'église avaient commencé à sonner. Les lumières du salon de coiffure avaient été allumées, mais aucun client ne venait. Je me suis à nouveau demandé où était Anna et ce qu'elle faisait en ce moment, et une fois de plus, l'absence était revenue si forte que j'avais cru qu'elle allait creuser un vide en moi.

Je lui ai raconté ma nuit à Orosei et, tandis qu'elle écoutait, je me suis demandé pourquoi j'avais parfois décrit le jeune homme que j'étais comme s'il s'agissait de quelqu'un d'autre. En réalité, je me souviens mal de lui, mais ce n'est pas la seule raison, il y a aussi autre chose. C'est tellement simple que je n'y avais jamais pensé auparavant. Il était encore si peu de chose. Sa place prise dans le temps était si limitée, seulement un tiers de la durée qu'il lui restait à parcourir avant de devenir moi. Et il en allait de même pour Anna. Lorsqu'elle a disparu, elle ne pouvait rien savoir de la femme qui se tenait maintenant à mes côtés devant le carton contenant les restes de ma jeunesse. Pourtant, elle n'était autre que la femme qui avait vécu la moitié d'une vie pour parvenir ici. La partie la plus importante, comme le diraient probablement beaucoup de gens à notre sujet. Lorsque j'ai rencontré Eva, j'étais prêt à devenir l'homme adulte qu'elle allait découvrir et en qui elle aurait confiance. Pour elle, mon jeune moi n'avait été qu'une ébauche, une esquisse incomplète du futur mari et père. Quand Anna a parlé de sa jeunesse à Jan, il a peut-être pensé quelque chose de semblable, à moins que, dans son for intérieur, il ne se soit dit qu'il aurait aimé rencontrer la version plus ancienne, plus impulsive et plus incontrôlée d'elle que j'avais connue. Ou que je n'ai pas connue, mais dans laquelle je me suis perdu. Eva et la compagne de Jan ont toutes deux pensé qu'elles étaient arrivées à la vie qu'elles étaient censées connaître, et elles auraient toutes deux été surprises, peut-être consternées, si elles avaient pu nous voir aujourd'hui, sans les intermèdes imprévus des événements ultérieurs.

Quand Anna me dit ce qu'elle pense, c'est comme si elle venait de saisir que, à soixante ans à peine, sa vie professionnelle est derrière elle. Les décennies passées au Berlaymont, son ascension laborieuse jusqu'au dernier échelon de la bureaucratie babylonienne bruxelloise. Elle a fait un choix, mais elle semble encore un peu gênée maintenant que la décision est irrévocable et qu'un autre fonctionnaire H/F très compétent a pris sa place. Pour une personne extérieure à l'histoire et qui en entendrait parler, même si Jan était mort, cela semblerait probablement une décision irréfléchie. Une fois le divorce prononcé, personne ne devait plus pouvoir la relier au scandale dans lequel elle avait été involontairement entraînée lorsque Clara Friis s'était épanchée sur Facebook. Le fait qu'elle divorce en dit long. Elle pourrait continuer son travail à la Commission européenne sans rencontrer autre chose qu'une sympathie discrète, le problème, c'est que la sympathie seule serait intolérable pour une femme comme Anna Secher. La compassion tacite, toutes les conversations dans son dos pour souligner combien elle a été courageuse. Ce n'est pas seulement l'idée que quelqu'un puisse croire qu'elle avait su pendant toutes ces années ce que Jan avait fait à Clara Friis dans la chambre du directeur des programmes, un soir d'ivresse après une virée en ville. Ce n'est pas non plus la honte injustifiée d'avoir été l'épouse ignorante d'un violeur. Au plus profond du socle tectonique de son ego, quelque chose s'est déplacé, un déplacement spirituel qui change tout. Elle ne pouvait pas continuer comme ça. Quand elle a prononcé cette phrase, je me suis souvenu qu'Eva avait dit exactement la même chose peu de temps après que mon statut d'entité autonome avait soudain reçu une date de péremption qui se situait dans ce que l'on appelle le moyen terme. Continuer comme ça. Aussi embarrassante que puisse paraître cette expression, elle n'est pas moins juste. Tout être doit avoir un contexte, et tout être public réside dans un cadre privé. Anna ne supportait pas le sien. Une bureaucrate de l'UE mariée à un salaud. Divorcer du salaud ne suffisait pas. Cela n'aurait même pas suffi si le salaud avait réussi à se suicider.

À midi, le jour où je m'étais réveillé sur son canapé, la police avait de nouveau appelé pour donner des nouvelles du Värmland. Jan était inconscient mais vivant lorsqu'on l'avait trouvé. Il avait été transporté à l'hôpital de Karlstad, où il est resté jusqu'à ce que son état soit stabilisé. Nous n'avons jamais su ce qu'il s'était fait. Anna n'a pas posé de question quand la police a appelé, et elle a laissé cela de côté. La méthode qu'il a choisie n'a pas d'importance, tant pour l'histoire que pour sa survie. Après son transfert au Rigshospitalet de Copenhague, Anna est allée lui rendre visite. C'est la deuxième scène d'hôpital de mon récit très imparfait de leur mariage. Il y a tant de choses que je ne sais pas et tant de choses que je ne peux pas rêver de lui demander. C'est presque devenu un pacte tacite entre nous de ne pas nous questionner l'un l'autre sur les moindres recoins de nos mariages. Toutes les choses mortes et figées que nous avons laissées derrière nous. Cette fois, c'était lui qui se trouvait allongé et elle assise, mais j'imagine le même intérieur. Le fauteuil pour les proches, la fenêtre avec vue sur les tours de la ville et le détroit de l'Øresund, de l'autre côté les placards, le lavabo et le miroir. Cette fois, ce n'est pas lui qu'elle libère, mais elle-même. Elle est douce, mais insensible. Il est juste là, allongé. Il n'essaie même pas de soutirer le minimum d'empathie que l'on peut attendre lorsque l'on a réchappé d'une tentative de suicide. « Penaud, a-t-elle dit. Oui, avant tout, il avait l'air penaud. » Ils ne s'étaient pas parlé depuis des mois. Lors de leur dernier contact, ni elle ni lui ne savait que Clara Friis était en train de taper son témoignage sur son ordinateur portable, qu'elle hésitait un instant, qu'elle ajoutait un autre détail et qu'elle appuyait sur « Envoyer ». S'il n'était pas venu à l'esprit de Clara qu'elle pouvait contribuer au grand recalibrage actuel des relations entre hommes et femmes, si elle n'avait fait qu'acquiescer à une enquête interne après l'autre, jusqu'à ce que les abus omniprésents soient révélés, Jan n'aurait jamais été retrouvé inconscient et en hypothermie dans une forêt près de la frontière norvégienne, et je n'aurais jamais rencontré Anna à nouveau. Elle serait restée en toute bonne foi dans son bureau donnant sur la rue de la Loi au lieu d'aller courir à Fælledparken, seule, toute seule. Jan a dit qu'il était désolé. Elle s'est levée du fauteuil du visiteur, a redressé un peu sa couette et répondu qu'elle n'en doutait pas. C'était une façon de lui retourner ses paroles, dans le sens d'un retour à l'expéditeur, en main propre. Il les avait prononcés dans une dernière tentative d'entretenir quelque chose avec elle. Une dette, une relation. Elle lui avait souhaité un bon rétablissement et elle était partie.

Lorsque Jan est sorti de l'hôpital, il n'a pas pu éviter les journalistes et les photographes de presse alignés devant l'entrée principale du Rigshospitalet. Les flashs des appareils photo clignotaient comme la lumière agitée et éclatante du soleil à travers les feuilles de chêne lorsque le vent souffle en été, mais nous étions en décembre, et un vent glacial hurlait dans les coins de l'architecture brutaliste. Je me suis dit qu'ils avaient dû être gelés pendant qu'ils attendaient leur histoire. Nous l'avons vu sur le site Internet d'un journal du matin lorsqu'il est sorti. Il était pâle et gêné, mais pour le reste, il était égal à lui-même, rasé de près, bien habillé et séduisant. Il avait dû se préparer, et ses nombreuses années à l'écran lui ont été d'une grande utilité. Au lieu de répondre au déluge de questions indiscrètes et sans tact, il s'est contenté de répéter les mêmes phrases. Il devait réfléchir à beaucoup de choses. Il s'était rendu compte qu'il avait déçu beaucoup de gens et blessé ceux qu'il voulait le moins blesser. Là, il avait besoin d'être seul et d'essayer de devenir une meilleure version de lui-même. Ses paroles d'humilité n'ont pas fait taire la presse, et, visiblement, elles n'ont pas impressionné Anna non plus, car elle l'a coupé au milieu de sa phrase.

Quelques jours plus tard, j'étais seul dans son appartement. Elle était partie en ville et lorsque la sonnette a retenti, j'ai pensé qu'elle avait dû oublier sa clef. J'ai appuyé sur l'interphone, j'ai entrouvert la porte d'entrée et je me suis remis au travail. J'étais en train de poncer une petite table sur laquelle elle avait craqué chez un brocanteur de Ravnsborggade. Elle était peinte en noir et l'un des pieds était mal fixé, mais elle la voulait et j'avais fini par lui promettre que je la réparerais. J'ai mis une vis dans le cadre pour maintenir en place le pied desserré et j'ai enduit la table de décapant. Je suis reconnaissant de pouvoir encore faire ce genre de travail. Je ne sais pas combien de temps cela durera, la maladie vit sa propre vie et a son propre rythme. Parfois, il n'y a pas de changement, alors je suis enclin à m'illusionner que la situation pourrait ne pas empirer. Puis elle s'aggrave.

J'étais en train de poncer la peinture quand j'ai entendu claquer la porte d'entrée. Je l'ai immédiatement reconnu. Tout le monde reconnaîtrait Jan Maas, mais lorsque je l'ai vu à la porte entre la salle à manger et le couloir, je me suis demandé une fois de plus pourquoi les drames de ces derniers mois n'avaient pas plus affecté son apparence. Il avait peut-être perdu un peu de poids mais, pour le reste, il avait la même allure que pendant toutes ces années à la télévision. Le même visage sympathique, les mêmes cheveux admirablement bouclés, les mêmes tempes admirablement grises. Je lui ai dit qu'Anna n'était pas là. « Je sais, a-t-il répondu tranquillement. C'est à toi que je veux parler. » Je lui ai demandé s'il voulait s'asseoir, et j'ai été étonné par ma réponse. À proprement parler, il était encore chez lui, mais il a gardé son manteau. Nous avons chacun tiré une chaise de la table à manger, sur laquelle la petite table de Ravnsborggade trônait sur son île de vieux journaux. J'étais content d'avoir ce bout de papier de verre plié pour occuper mes mains. « Tu peux me dire si je te dérange », a-t-il dit. J'ai fait un geste avec le papier de verre, et je me suis dit au même instant qu'il ne pourrait pas déterminer si mon geste était une expression de générosité ou de résignation. En tout cas, il était là. Il a semblé s'arrêter un instant en constatant, tout simplement, qu'après tout ce qui s'était passé, il était à nouveau assis à la table de la salle à manger dans ce qui avait été sa maison pendant tant d'années. « Elle ne veut pas me parler », a-t-il commencé. Je n'ai pas répondu, et il n'a pas semblé attendre de réponse non plus. « Je la comprends, ou plutôt... Je la connais. » Son ton était doux, mais sous tout cela, il y avait ce que personne ne pouvait lui enlever. Si quelqu'un la connaissait, c'était bien lui. Pas dans le sens où il pouvait prétendre la comprendre intimement, et d'ailleurs, qu'est-ce que ça veut dire, intimement ? Qui connaît quelqu'un jusque dans les profondeurs solitaires de l'intérieur d'une personne ? Mais il pouvait dire qu'il la connaissait dans le sens plus modeste et pourtant crédible qu'il avait vécu tant et tant d'années à ses côtés. Même si l'on tenait compte de Bruxelles et des semaines où ils avaient été séparés, cela faisait beaucoup d'heures. Il avait vécu longtemps dans l'air qu'elle respirait, il s'était déplacé dans son atmosphère comme elle s'était déplacée dans la sienne, il n'était donc pas exagéré de dire qu'il la comprenait. Il ne comprenait pas pourquoi elle ne voulait pas lui parler, mais il se rendait compte qu'il ne pouvait pas en aller autrement avec elle. « Elle a une sorte de timidité, tu l'as sans doute remarqué. Comment dire ? Une réticence à être dépassée par les circonstances. » Je n'ai pas pu m'empêcher de sourire, ce qui lui a permis de se détendre un peu plus. « Une forme d'indépendance », ai-je dit. Il m'a dévisagé. « Oui, mais aussi une sorte de… Ça a l'air stupide quand je le dis, mais aussi une sorte de répulsion. Elle croyait sûrement que, rien qu'en m'écoutant, elle serait venue à mon secours parce que nous sommes mariés. Comme si, en m'écoutant, elle ferait partie de cette histoire. »

Je lui ai dit qu'Anna avait parlé avec Clara Friis. Il a roulé des yeux. « Comment ça, ici ? » J'ai fait oui de la tête. Il s'est tassé en arrière et a regardé par la fenêtre dans le coin de la salle à manger. La lumière du soleil pénétrait à peine dans la cour à cette heure de la journée. Tout devait lui être si familier et pourtant étranger, aussi étranger que la petite table qui avait été placée sur la table à manger, comme si elle voulait contrôler et dominer le mobilier familier. « Elle a aussi parlé de Mårbacka », ai-je dit. Il s'est penché en avant et a croisé les mains en regardant ses chaussures. C'étaient de belles chaussures, neuves et bien cirées. Il a levé les yeux vers moi. « Alors, comme ça, elle et

Clara se sont parlé ? » Je n'ai pas répondu. « Au début, j'ai juste été un lâche, a-t-il dit. Je ne pouvais rien faire d'autre que de continuer et de faire comme si rien ne s'était passé. Plus tard, j'ai espéré… » L'éclat du soleil dans la cour avait pris plus de force, peut-être était-ce la seule raison pour laquelle ses yeux semblaient luisants. « J'espérais vraiment qu'Anna et moi… Que nous pourrions trouver, comment dire… » Il s'est figé. Je ne pouvais pas l'aider. Je ne savais pas quoi dire. J'aurais pu protester parce qu'il avait dit nous, mais je me suis tu, c'était leur histoire, pas la mienne. « À propos de Clara, a-t-il poursuivi, je ne savais même pas qu'elle s'était sentie violée. Elle n'avait pas résisté, et j'étais vraiment amoureux d'elle. Ce qui m'a fait culpabiliser par la suite, c'est bien sûr que je n'avais pas mis de préservatif. J'ai cru… Je ne sais pas ce que j'ai cru. Si elle avait voulu avoir ce bébé… Tu as des enfants ? Tu as de la chance. Anna et moi n'avons jamais eu d'enfants… » Il s'est tu à nouveau et m'a fixé comme pour donner un poids particulier à ce qu'il venait de dire. « Je pense que tu devrais partir maintenant », ai-je dit. « OK, a-t-il dit. Je veux juste te demander… Tu l'aimes ? » Il m'a regardé, dans l'expectative. Ce n'était pas un regard anxieux ou intimidant, c'était juste un regard. J'ai passé la main sur l'un des pieds recourbé de la table sur laquelle je travaillais. Il n'a pas cillé en attendant ma réponse. Il ne restait que quelques taches de vernis et de décapant, sinon le bois était mat et brillant. J'ai regardé la sciure fine qui s'était déposée sur ma paume. « Oui, ai-je dit, je l'ai toujours aimée. » Il s'est levé brusquement. « C'est tout ce que je voulais savoir », a-t-il déclaré. Je suis resté assis. Il a poussé sa chaise sous la table et s'est retourné pour sortir, mais il s'est arrêté en chemin et m'a dévisagé à nouveau. « Peux-tu comprendre tout ça, a-t-il dit, après toutes ces années ? Pour être franc, j'avais oublié cette histoire, ou presque. C'était une autre époque, j'étais quelqu'un d'autre. Je pensais vraiment que nous… Je pensais vraiment qu'Anna et moi allions vieillir ensemble. Peux-tu comprendre qu'il ne reste plus rien de tout cela ? » Il est resté là, penché, les mains posées sur le dossier de la chaise, en me regardant dans les yeux. « Non, ai-je répondu, je ne comprends pas. » Il a fini par lâcher le dossier et s'est redressé. « Je vais vous laisser tranquille », a-t-il dit, et il est parti. Je me suis remis au travail. Quand Anna est rentrée, j'avais éliminé les derniers restes de vernis et la table était telle qu'au moment où elle avait été fabriquée avec des morceaux de chêne pâles et vierges. Je lui ai raconté la visite de Jan et notre conversation. J'ai même surmonté ma pudeur et je lui ai rapporté ce qu'il m'avait demandé et ce que j'avais répondu. Cette nuit-là, je n'ai pas dormi sur son canapé.

Il y a un instant, j'étais assis sur la chaise où elle avait posé ses jambes. Nous voyions la même chose, pas le visage de l'autre, mais l'herbe flétrie et mouillée, les restes de neige et, plus loin, les pins clairsemés qui encadrent la première dune envahie par les oyats. Au-dessus de la dune, un nuage se gonflait comme un champignon bleu dans le ciel d'un bleu plus clair. Le temps change constamment ici. Il y a une heure, la grêle martelait les planches de la terrasse. Anna m'a dit que les dunes se déplacent constamment d'ouest en est. Un jour, le Råbjerg Mile bloquera la route de Skagen. Je ne suis jamais venu dans cet endroit auparavant et je ne comprends pas pourquoi je m'y sens autant en sécurité. Dans notre pays, on ne peut guère aller plus loin qu'ici, c'est peut-être pour cela. Elle a pris une de mes mains et a suivi du doigt les ramifications des veines sous la peau. « Imagine, dit-elle, si j'étais rentrée avec toi ce soir-là au lieu de rester avec Claes. Imagine que nous soyons allés ensemble à Valence. » Je n'ai pas répondu, je ne pouvais pas me le représenter. « Alors tu n'aurais pas eu Sofie. » Ce n'était pas la première fois qu'elle lisait dans mes pensées. « Et peut-être aurions-nous divorcé un jour, ai-je dit. Parce qu'il serait apparu que j'avais violé une stagiaire de l'agence après une fête de Noël, croyant qu'elle restait passive parce qu'elle était submergée par mon ardeur. » Anna m'a regardé longuement sous ses paupières lourdes. « Cela n'aurait jamais pu arriver », a-t-elle dit. « Comment peux-tu le savoir ? » ai-je répondu. « Je le sais », a-t-elle dit, et elle a regardé à nouveau entre les arbres. J'ai dit que je ne pouvais qu'espérer qu'elle avait raison, mais ces derniers temps, je pensais aux nuits où j'étais jeune et où je ramenais une inconnue à la maison sans me demander si elle avait envie ou si elle laissait simplement les choses se faire. Il ne m'était jamais venu à l'esprit de poser la question, et cela n'aurait-il pas été très peu sexy de le faire ? La nuit dont elle venait de parler, cette dernière nuit où je la verrais avant trente-sept ans, j'avais été convaincu qu'elle avait préféré se faire peloter les fesses par Claes Wilder, avec l'évidence volontaire qui convenait à ses grosses mains de boucher. Elle a fermé les yeux, les joues un peu rouges. Je n'arrivais pas à savoir si c'était le soleil. Nous nous sommes tus. J'ai écouté le vent dans les aiguilles de pin et la toile des chaises qui grinçait sous notre poids. Si Claes n'avait pas fait une crise cardiaque, si nous étions allés à Valence, si j'avais été plus mûr, si elle avait été moins libre… Un grand oiseau est apparu au-dessus de la dune. Il a déployé ses ailes et s'est laissé porter par le vent, faisant des allers-retours sur place, ce qui m'a laissé le temps d'observer les plumes tachetées de sa poitrine. « Au diable Valence », ai-je dit. Elle a soupiré : « Oui, au diable. » Au diable si je n'allais pas bien, ai-je songé. Alors que nous étions assis ici, sous le soleil d'hiver, cela n'avait pas d'importance.

Peu avant de venir ici, j'ai passé un examen de contrôle à l'hôpital. Les médecins et les infirmières me connaissent maintenant, et nous avons bavardé dans une ambiance presque chaleureuse, comme si nous faisions la causette. C'est une forme bizarre de socialisation qui s'est mise en place autour de mon dossier médical et du scénario prédéterminé de mon handicap et de ma mort prématurée. Les termes de la maladie formaient comme un jargon entre nous, et lorsque je les prononçais, j'avais presque un sentiment de solidarité avec ces professionnels bienveillants qui allaient me survivre de plusieurs décennies. Comme si, en utilisant leurs mots hermétiques, j'obtenais un ticket d'entrée dans une communauté d'égaux. Comme si je n'étais pas un passager clandestin, un non-survivant parmi les survivants, ici, dans l'aile récemment construite de l'hôpital, aussi légère, aérée et accueillante qu'une goélette géante en croisière. Alors que je descendais dans le grand hall d'entrée, ressentant encore une chaleur résiduelle de l'échange jovial, j'ai aperçu une silhouette miséreuse qui se dirigeait elle aussi vers la sortie. L'homme avait des cheveux fins, gras et gris qui tombaient sur ses épaules, légèrement voûté, il marchait avec des pas longs et souples qui m'ont paru familiers. Il portait une musette sale et était vêtu d'un anorak délavé dont les manches étaient trop courtes, révélant des poignets fins et rougis. Le bas de son pantalon était déchiré et tombait sur les fines chaussures de tennis qu'il portait malgré le temps froid et humide. Je n'ai pas pu m'empêcher de le suivre. Je voulais savoir si je me trompais ou si c'était vraiment lui après toutes ces années. Il a traversé l'enceinte de l'hôpital et a continué le long de Tagensvej. Lorsqu'il s'est arrêté devant une poubelle, probablement pour chercher des bouteilles de consigne vides et que, au cours de sa recherche, il a dévoilé ses mauvaises dents de travers, je n'ai plus eu aucun doute. J'ai tout de même gardé mes distances et j'ai attendu qu'il continue son chemin. Nous avons donc marché à dix mètres l'un de l'autre en direction d'Ydre Nørrebro. Avec mon allure plus lente et mes enjambées plus courtes, j'étais content qu'il s'arrête à chaque poubelle pour en fouiller le contenu. Il y avait peu de piétons à cette heure de la journée, la plupart d'entre eux étant des femmes musulmanes à la tête couverte et portant des vêtements traditionnels, semblables à ceux du désert, par-dessus leurs vêtements d'hiver raisonnables. Je craignais constamment qu'il ne se retourne et ne m'aperçoive, mais il a continué à marcher d'un pas décidé, dépassant Mjølnerparken et la ligne de chemin de fer. Avant Bispebjerg, il a tourné à gauche dans Lygten. Il a atteint la ligne aérienne et le grand carrefour de la gare de Nørrebro avant que je ne le hèle. Il s'est arrêté et a regardé autour de lui, confus. Je me suis approché de lui comme si je venais de descendre du train et que je l'avais repéré dans la foule à l'arrêt de bus de Nørrebrogade.

Il était le même, Jan s'était trompé. On n'a jamais été quelqu'un d'autre autrefois, et le temps est le même, hier comme aujourd'hui. Son cours universel n'a entraîné qu'un changement personnel, mais ce changement est local, et il ne faut pas exagérer l'importance des cheveux gris et des rides. Hans-Georg pouvait également reconnaître qui se tenait devant lui. Il a souri de son habituel sourire narquois, un peu hautain, comme si le brassage des forces productives et des rapports de production de l'Histoire, qui s'entrechoquent avec la nécessité d'une loi de la nature, devait donc nous réunir à cette heure. Comme s'il avait toujours su que cela devait arriver. Il m'a demandé si j'écrivais toujours de la poésie. La manière abrupte dont il a posé la question m'a fait comprendre qu'il devait être solitaire et qu'il ne parlait probablement que rarement à quelqu'un. Peut-être seulement avec les commerçants du quartier et le personnel médical du Rigshospitalet, où le temps et le corps avaient apparemment également donné une raison de venir à mon ancien ami. Je lui ai dit que je regrettais de ne pas lui avoir rendu visite en prison. Il a haussé les épaules dans son anorak étroit, comme s'il n'avait jamais espéré que je réponde à sa demande de visite. Je lui ai proposé de lui offrir une bière. Il s'est excusé, il ne buvait plus d'alcool, mais nous pourrions peut-être manger quelque chose ? J'aurais aimé aller dans l'un des pubs obscurs que l'on trouve encore dans le quartier, avec des machines à sous qui clignotent dans la pénombre fétide, mais à la place, nous sommes entrés dans un libanais et avons commandé deux menus. Il s'est aussitôt jeté sur la nourriture et avait déjà mangé la moitié de son assiette avant que je n'aie commencé la mienne. Il a jeté un coup d'œil à mon pain pita intact pendant que nous parlions.

Comme dans notre jeunesse, il a mené la conversation et s'est montré aussi bien informé et encyclopédique qu'il l'était jadis. Il ne m'a pas posé de questions sur ma vie et n'avait pas davantage envie de parler de la sienne. C'est du monde qu'il voulait parler, de son état et de la direction qu'il prenait. La crise financière avait révélé à tous que le capitalisme était condamné, et la nécessité d'un soutien massif de l'État aux banques n'avait fait que le confirmer. Il ne fallait pas non plus s'étonner que la classe ouvrière des États-nations en crise ait réagi à la mondialisation, qui avait sapé les systèmes de protection sociale chancelants du réformisme, en basculant à droite et en se jetant dans les bras du néofascisme. C'était le schéma des années trente qui se répétait, les musulmans jouant le rôle des juifs d'aujourd'hui. Je lui ai demandé s'il habitait dans les environs. Il m'a regardé d'un air perdu, comme si je lui avais soudain parlé dans une langue étrangère. Je lui ai dit : « Hans-Georg, tu as l'air d'avoir besoin d'un coup de main. » Je le lui ai dit de la manière la plus détachée possible pour ne pas blesser sa fierté. Je lui ai dit qu'il pouvait considérer cela comme un prêt sans date butoir. Il a souri avec condescendance, il préférait que je soutienne la cellule préparatoire du parti à laquelle il appartenait avec quelques jeunes de l'université. Il a ouvert sa musette et en a sorti un prospectus. Les gros caractères noirs étaient un peu flous sur le papier fin : Socialistisk Arbejderkamp. Lutte Ouvrière Socialiste. Je me suis demandé si, tout au long de son histoire, la mauvaise impression ne représentait pas pour l'extrême gauche une sorte de signe de noblesse, la preuve qu'elle avait à l'esprit quelque chose de plus important que la qualité de l'impression et le graphisme, de même que Hans-Georg, aujourd'hui comme hier, se moquait totalement de son apparence et de son hygiène personnelle. Il y avait pourtant une différence, la faim s'ajoutait à la pauvreté, mais il n'en était pas moins exalté pour autant. Il y avait aussi une étoile noire à cinq branches dans un cercle et un numéro de mobilepay. J'ai mis le papier dans ma poche sans lire le texte. Il m'a dit qu'il avait autre chose à faire, et il s'était déjà levé. J'ai eu honte car j'ai craint qu'il me demande mon numéro de téléphone. Après son départ, j'ai viré une somme d'argent à la Lutte Ouvrière Socialiste. Je suis resté un moment à la table en stratifié, où nos restes débordaient sur les plateaux en plastique. Un cadre avec une photo couleur de la mosquée al-Aqsa était accroché au-dessus de la table. Le patron se tenait derrière le présentoir de houmous et de taboulé, discutant en arabe avec un client. Il faisait des petits mouvements du menton et gesticulait du bout des doigts, comme s'il était en train de régler une situation confuse. Mon premier réflexe avait été un soulagement secret, non seulement parce que Hans-Georg avait autre chose à faire, comme il l'avait dit, mais aussi parce que je n'étais pas à sa place.

Sur le chemin du retour, dans Nørrebrogade, j'ai commencé à me rendre compte de mon illusion. Pendant toutes ces années, Hans-Georg avait continué à interpréter le réel à travers des paires dialectiques antagonistes, travailleurs contre employeurs ou simplement miséreux contre bien habillés, aigre contre doux, froid contre chaud. Pour ma part, les années m'ont appris à voir et à interpréter les choses par degrés. Plus ou moins de l'un ou de l'autre sur une échelle de transitions douces plutôt que des paliers mesurables. Je n'étais pas Hans-Georg, mais comparé aux jeunes qui passaient devant moi à vélo et qui n'avaient aucun souvenir de la chute du Mur, j'étais presque lui. J'étais mieux habillé, plus soigné, mais mes pas s'étaient raccourcis, mon visage était plus figé, et comme Hans-Georg, ma date de naissance était presque mythologique aux yeux des jeunes. Tout ce en quoi il croyait avait été dépassé par l'évolution historique, et ce en quoi je croyais perdait aussi du terrain. Des choses comme l'importance de connaître Selma Lagerlöf et Heinrich von Kleist. Ce n'était même pas un fait déplorable, juste un fait, parce que ceux qui auraient pu pleurer cette perte allaient disparaître à leur tour avec leur sacro-sainte culture, et il ne resterait rien.

Lorsque j'ai atteint le mur d'enceinte du cimetière d'Assistens, je suis entré pour voir la tombe de Søren Kierkegaard. Un jour de septembre, au fond des âges, Anna me l'avait montrée, et un soir, peu après, elle avait sorti sans effort un mince volume de sa bibliothèque bien remplie et m'avait lu ce texte à haute voix, de sa belle voix paresseuse et pourtant bien distincte. *Comme les lys des champs et les oiseaux du ciel.* À l'époque, je ne comprenais pas pourquoi c'était un devoir d'être heureux. D'être, tout simplement. D'être dans la vie, quelle qu'elle soit. Anna l'avait compris, et elle avait défendu sa joie à la fois contre sa propre intelligence et contre la tentative de tel ou tel homme de la dominer ou de prétendre en être l'objet légitime. Elle pouvait vraiment s'intéresser à tout tant que cela n'altérait pas cette joie légère et simple, mais je ne m'en étais rendu compte qu'au moment où nous nous étions retrouvés. Elle était la même malgré le passage universel du temps et tous les changements. Nous étions les mêmes qu'à l'aube de notre temps, avant de nous connaître de quelque manière que ce soit, lorsqu'elle m'avait montré les roses qui poussent encore sur la tombe du philosophe. Nous étions les mêmes. Aussi simple que soit cette pensée, aussi libératrice soit-elle. Et lorsque je suis ressorti dans Nørrebrogade, c'était comme si j'avais laissé tout mon fardeau derrière le mur, entre les ombres et les pierres tombales. La nuit tombait déjà lorsque j'ai atteint le Dronning

Louises Bro et que j'ai continué vers Østerbrogade. Les lumières étaient allumées dans les appartements situés le long du lac et, de l'autre côté des eaux sombres, la longue chaîne des feux des voitures à l'heure de pointe se déplaçait lentement vers l'ouest. Hans-Georg était probablement rentré chez lui, quel que soit cet endroit. Par rapport à lui, et malgré ma mobilité de plus en plus réduite, j'étais moins malchanceux, car je savais qu'Anna m'attendait dans son appartement. Ce n'était pas un monde perdu dont je me souvenais, ces mois que nous avions passés ensemble dans les années quatre-vingt. C'était le même temps qui avait continué sa course, et avait fini par nous rattraper.

Anna s'est levée à son tour. Les deux chaises sont vides sur la terrasse en bois blanc baignée de soleil. Un nuage passe devant le soleil, de sorte que l'éclat de lumière dans les planches et les longs brins d'herbe s'atténue et réapparaît. Il y a un instant, je l'ai entendue passer dans le salon, puis le silence s'est fait. Si je ne le savais pas, je croirais que je suis seul dans cette maison de vacances qui n'est pas la mienne. Elle a dû enlever ses bottes, mais le grincement du parquet la trahit. J'entends vaguement sa respiration dans mon dos, et maintenant je sens ses mains sur mes épaules, la chaleur de ses mains à travers ma chemise. Lorsque j'aurai terminé la dernière phrase, je fermerai les yeux et je me pencherai en arrière.

Composition : IGS-CP à L'Isle-d'Espagnac (16).
Achevé d'imprimer
sur Roto-Page
par l'Imprimerie Floch
à Mayenne, en juin 2025.
Dépôt légal : juin 2025.
Numéro d'imprimeur : 107178.

ISBN 978-2-07-303495-3 / Imprimé en France.

612726